MERIDIANE

Aus aller Welt

Band 35

ULRICH PELTZER

Bryant Park

ERZÄHLUNG

AMMANN VERLAG

Erste Auflage
Im 20./21. Jahr des Ammann Verlags

Homepage: www.ammann.ch

Satz: Gaby Michel, Hamburg
Druck und Bindung: Clausen & Bosse, Leck
ISBN 3-250-60035-0

Tattooed City

I, who am only an incomprehensible
Bit of scribble
On some warehouse wall
Or some subway entrance.

Matchstick figure,
Heart pierced by arrow,
Scratch of a meter maid
On a parked hearse.

CRAZY CHARLIE in red spraypaint
Crowding for warmth
With other unknown divinities
In an underpass by night.

Charles Simic

Von zahllosen Fenstern in rechtwinkligen Mustern durchbrochene Fassaden aus Granit und Sandstein und Marmor, die steil aufragend die Rasenfläche hinter der Public Library an der fünften Avenue umschließen. Gedämpft nur noch dringt das Verkehrsgeräusch der großen Straße durch die Sträucher und Büsche am Rand des Areals, auch Bäume sind da, deren hellgrünes, leicht milchig schimmerndes Blattwerk einen umlaufenden Kiesweg mit dunklen Flecken tupft; die langsam ineinander fließen, wenn sich während des Nachmittags schon die Schatten der Häuser über den kleinen Park senken und ihn in eine zeitige Dämmerung tauchen. Auf dem festgestampften Kies, oder Schotter, wie heißt das?, stehen altmodische Klappstühle mit aufgeschraubten Holzleisten als Sitzfläche und Rückenlehne, mancher Besucher stellt zwei davon zusammen, um in der Mittagspause kurz die Beine hochzulegen, sein Lunchpaket verzehrend.

Nahebei in der vierzigsten Straße, die hier von Apartmentblöcken gesäumt wird, gibt es ein Schnellrestaurant, das asiatische Sandwiches verkauft, Tofu mit scharfen Saucen und Bambussprossen, bloß ein paar Schritte vom Haupteingang der Bibliothek entfernt: zwischen den hohen Säulen ihres Vorbaus auf die breite Freitreppe tretend, die zur fünften Avenue hinunterführt, blendet einen gleißendes Licht, am dunstigen Himmel zerschmelzen die Umrisse der Sonne, und zugleich ergreift den Körper die Schwüle der Stadt, heiße feuchte Luft, die unbewegt in den Straßen hängt, so dicht, dass man versucht ist, sie beim Gehen wie einen Schleier vor dem Gesicht zu teilen. Als würde sie auch den Schall schwerer und langsamer machen, als sei man in ein Bassin geworfen worden, scheint das, was man hört, um Bruchteile dem Bild hinterherzulaufen, verzögert das heulende Geflacker von Polizeisirenen und der in langen Wellen auf- und abschwellende Ton der Ambulanzfahrzeuge, nachdem man längst schon das dumpf blitzende, rote und blaue Signal auf den Wagendächern gesehen hat. Irgendwo in der sechsunddreißigsten sei ein Gerüst eingestürzt, wird gesagt, nein, ein Lastenaufzug, seitlich eingeknickt, so dass die Gefahr bestehe, dass Tonnen von Stahl, die ganze Einrüstung des Gebäudes zusammenbreche, alle Anwohner müssen evakuiert werden – behauptet mit Nachdruck (eine prall gefüllte Tüte von Macy's in der Hand) einer der am Fuß der Stufen Stehenden, sonst könne das Gleiche wie letztens geschehen, ob man sich nicht erinnere,

beständig wiederholt im lokalen Fernsehen die Aufnahme eines Krans, der das ebene Dach einer Seniorenresidenz durchschlagen hatte, vor wenigen Wochen erst, zwei alte Leute im darunterliegenden Zimmer tötend. Elektronisch weißgerahmte Porträtfotos der beiden wurden eingeblendet, dann aufs Neue in flimmernden Pixeln ein gelbliches Gestänge, das schräg in der Luft zu hängen schien, als die Kamera es abtastete, über die verkreuzten, mehrfach gestauchten Stahlsprossen fuhr, bis schließlich der Krater ins Bild kam, ein ausgefranstes Loch mit zerfetzten Armierungseisen, wo vorher die Betondecke des Raumes gewesen war. Währenddessen schilderte eine Frauenstimme aus dem Off den Hergang des Unglücks, ein statisches Problem, wie so oft eine vermeidbare Nachlässigkeit, der heute nun, hier in Chelsea, zwei betagte Mitbürger zum Opfer gefallen seien, Teresa Ibanez und Walter Vanbiesbruck, nichtsahnend eine Partie Karten spielend. Der Kopf eines Augen- oder eher eines Ohrenzeugen füllte jetzt den Monitor vor den Fenstern der untergemieteten Wohnung aus, er sprach von donnerndem Krach, den man überall im Viertel gehört haben müsste, wie die Detonation einer Bombe, würde er mal sagen, wirklich ziemlich laut. Auf dem Schild, das vorne am Mikrofon der Reporterin befestigt war, stand Fox News (ja?), und immer, wenn sie sich vom Schauplatz des Geschehens meldete, nannte sie am Ende des Berichts ihren Namen und noch einmal den ihrer Station: als sei das Programm in eine sich selbst erzeugende Schlaufe geraten, folgten jeder Serie (das Fernsehen lief einfach so vor sich hin), jeder Talkshow an diesem Abend die Bilder des im Dach eines städtischen Altersheims steckenden Baukrans, die Fotografien, der Zeuge, indessen der Ton des Geräts, die Stimmen, von draußen eindringender nächtlicher Lärm sich vermischten mit dem vibrierenden Rauschen der Klimaanlage, die Sarah später doch eingestöpselt hatte, weil es sonst gar nicht auszuhalten gewesen wäre (frisst extrem Strom – ein handgeschriebener Zettel, der damals beim Einzug seitlich an dem rappligen Kasten klebte).

Der Verkehr staut sich, sinnlos drücken Fahrer ihre Hupen, weiter unten scheint die Straße gesperrt worden zu sein. Einige der vorbeieilenden Passanten halten sich die Ohren zu, eine junge Frau, die einen schwarzen Lederrucksack trägt, mit einem schmerzerfüllten Ausdruck auf ihrem blassen Gesicht. In der offenen Schiebetüre seines kastenförmigen Lieferwagens steht ein Mann in einem blauen Overall und blickt, sich an der Dachkante festhaltend, über die Autos nach vorne, ob man etwas erkennen kann, was ist da los?, die Augen brennen ein wenig von der Arbeit an einem der Lesegeräte im ersten Stock der Bücherei, auf Mikrofiches gespeicherte Taufregister neuenglischer Gemeinden nach bestimmten Namen durchsuchend, Variationen von Schreibweisen, fehlenden oder plötzlich dazugekommenen Buchstaben, die sich in die Worte einschmuggeln von einer Spalte zur nächsten; scheinbar vorsätzlich, könnte man meinen, und nicht nur, weil die Beamten, die Pfarrer, zu ungenau hinsahen, was in den Büchern schon stand, von ihren Vorgängern aufgeschrieben wurde mit Feder und Tinte, wie jemand heißen soll, Vater und Mutter.

Man spürt, dass die Spannung den Körper verlässt, rücklings ins Gras gebettet mit ausgestreckten Armen und Beinen, neben sich eine Cola und in einer Tüte den Rest des belegten Brots (war auf die T-Shirts der attraktiven Verkäuferinnen gedruckt: asian delight), abnimmt einer zittrigen Wellenlinie gleich, die endlich in einen ruhigeren Tonus einschwingt, es fühlt sich gut an, hell und leicht, zum ersten Mal seit Tagen. Vom Grillrestaurant auf der Terrasse hinter der Bibliothek zieht das Klirren von Gläsern und Besteck leise über den Rasen, versickert im Summen, das wie eine Art Hintergrundstrahlung immer anwesend ist, alle anderen Geräusche färbt, die Gedanken umhüllend. Als sei man eingesponnen darin, geborgen oder gefangen *sie weinte* davon getragen *und lachte zugleich, als sie mich zur Fähre begleitete, den Weg von der Kirche oben am Berg hinunter zur Anlegestelle, eine rissige, links und rechts mit Kreuzpollern versehene Betonrampe, die ins Meer abfiel, auf dessen kobaltblauer, schuppig bewegter Oberfläche abendliche Lichtreflexe spielten, ein breiter, an seinen ungenauen Rändern in einzelnen Blitzen ausstreuender Widerschein. Edoardo, neben einem der Poller stehend, hatte eine Flasche Ceres-Starkbier in der Hand, die er mir anbot und, als ich ablehnte, ihr, die meine Seite umschlungen hielt, weinend, und dann lachend, als ginge das, doch schüttelte sie den Kopf, sie hatte halblange blonde Haare mit ein paar dunkleren, wie verbrannt wirkenden Strähnen dazwischen (die Farbe der von der Hitze versengten Ginsterbüsche am Hang des Vulkans).*

Ein halbes Dutzend anderer Fahrgäste wartete schon, mit

oder ohne Gepäck, unter ihnen Raffaela, die in Neapel etwas für sich und Giorgio besorgen wollte – angeblich hatte sie noch ein echtes Rezept –, in einem engen türkisblauen Pulli, der ihren Bauchnabel frei ließ, rauchend, ebenso ihre jüngere Schwester, die eindringlich auf sie einsprach, barfuß, an ihren Knöcheln und Fersen haftete feinkörniger schwarzer Sand, wie er den Strand bedeckte und die meisten Wege der Insel – als träte man ins Leere, nachts, auf einem unbeleuchteten Pfad, der grundlos schien, blickte man nach unten, wo es hier weiterging, zögerlich den Fuß absetzend, bis man an den Sohlen wieder die Wärme des Bodens spürte und nichts anderes, nie ist jemand auf einen der kleinen Skorpione getreten, die es gab, ihr Panzer im Hellen von einem schmutzigen lehmigen Grün (nicht wirklich gefährlich, das heißt tödlich, wie jene afrikanischen), auch tagsüber nur selten zu sehen (als hätten sie sich ins Sichtbare verirrt), einmal auf Giorgios Terrasse ein Tier, das er mit einem Topf erschlug, es verwünschend – eindringlich, als redete die jüngere der älteren ins Gewissen, während Raffaela am Stummel der aufgerauchten Zigarette eine neue entzündete und die Kippe ins Meer warf.

Die trächtige Hündin mit ihrem zotteligen schwarzen Fell, die Edoardo sinnigerweise Pelé getauft hatte, strich quer über den Kai, roch an einem Koffer, an einem großen verschnürten Paket, auf dem ein hagerer älterer Mann in einer erschöpften Haltung saß (seine Hände auf die Knie gestützt, als hätte er die Last allein zum Hafen geschleppt), um dann vor dem Wasser kehrtzumachen, den sacht über die Schräge des Betons anlaufenden Wellen, weder auf Edoardos noch auf Chiaras Zurufe reagierend, wie wenn alles schon vergessen wäre, in ihrer hündischen

Erinnerung, als wüsste sie bereits genau, wer ihr in den nächsten Wochen nicht mehr würde nützlich sein können, weil er fortgefahren ist. Cretina, sagte Edoardo, und holte mit dem Fuß aus, woraufhin Pelé das Weite suchte, sprang zur Seite und nahm in Richtung des Dorfes Reißaus. Du bist ein Arschloch, sagte Chiara, vor dir liefe ich auch weg, lauf doch, sagte Edoardo, kümmert mich nicht. Sie drehte sich zu mir um (was hätte ich sagen sollen?), und umarmte mich. Die beiden Schwestern schrieen sich an, die jüngere hielt die Spitzen von Zeigefinger und Daumen ihrer rechten Hand zusammengepresst vor ihrer Brust, bis Raffaela, aufreizend langsam ihren Kopf schüttelnd, die Augen schloss und sich abwandte. Always the same, flüsterte Chiara, it's boring, sie zog ihre Nase hoch, they should stop this forever.

Am Ausgang der schmalen asphaltierten Straße, die zwischen den Häusern bergan führte, erschienen zwei Gestalten, die mir nacheinander zuwinkten, Irene und Elena, längs eines Wäldchens aus hohem Schilfgras näher kommend, das auf der Böschung hinter der Anlegestelle wuchs. Keines Blickes würdigten sie den Capo der Carabinieri (unterm Arm die dicke Lederkladde, in der er Gottweißwas notierte) und seinen Assistenten, die heute in Zivil waren (glänzende Tarnung) und sie misstrauisch den ganzen Weg über beobachteten (als versteckten die Frauen Schmuggelware, oder würden jetzt welche in Empfang nehmen), wie immer am Rand der Mole postiert, um sich die Reisenden, die im Sommer zweimal wöchentlich von der Fähre gebracht wurden, genau anzuschauen, manche schickten sie sofort wieder zurück. Einmal hatten sie mich in ihre Kaserne bestellt, mich in einem kahlen Raum auf einer Holzbank warten lassen, bevor sie meinen gel-

ben Meldezettel begutachteten, an der Wand des Büros ein Poster des SSC Neapel im ersten Meisterschaftsjahr mit Maradona: campione. Wovon ich lebe, fragte der Capo, ein etwa fünfundvierzigjähriger Mann, dessen Wangen, obwohl glattrasiert, bläulich schwarz schattiert waren, ob ich arbeite, und wer mich dafür bezahle. Derzeit arbeite ich nicht, sagte ich, aber demnächst, praktisch morgen, könnte ich ein Haus tünchen, außerdem bestünde noch die Möglichkeit, in dem einen Hotel (von dreien) die Gäste im Windsurfen zu unterrichten, stundenweise. Wo ich das gelernt habe? In Deutschland und Griechenland. Er lächelte, als wolle er sagen, dass ihn meine Antworten zwar nicht zufrieden stellten, er vorerst aber von Maßnahmen absehe, wie er sich alles Weitere offen halte, man würde mich im Auge behalten (wir haben jeden im Auge), dann entließ er mich mit einem Kopfnicken, das eine flüchtige, zur Tür weisende Geste unterstrich, Sie können gehen, gehen Sie schon es sei verboten, auf dem Rasen zu liegen, sagt die Stimme des Parkwächters (gibt es sowas hier überhaupt?), da wäre schließlich eine Absperrung, ein in Kniehöhe rund um die Fläche gespanntes Plastikband, gut sichtbar und nur vorsätzlich zu überschreiten von dem Kiesweg aus, warum habe man das wohl dahingemacht? Heute Abend sei der Rasen freigegeben,

dann ist Open-Air-Kino, für umsonst, die Bühne mit der Leinwand steht an der Schmalseite des Parks gegenüber der Bibliothek, auf einer Batterie von Lautsprechern sind an einem Galgen sechs längliche Plastiksegmente befestigt, die sich drehen lassen, zu einer geschlossenen weißen Fläche oder wie jetzt in der Art von

Segeln, die eine luftige Reihe bilden, schräg zueinander, als kämen Winde aus allen möglichen Richtungen. Dabei regt sich kein Hauch *eine leichte Brise kitzelte mein Gesicht* seit Juni genau genommen, als hätte sich eine Glocke über die Stadt gesenkt, aus der die Hitze nicht entweichen kann, starr und unberührt von den Empfindungen ihrer Bewohner (alte Fotos von Helen Levitt, auf denen Kinder unter dem Strahl aufgeschraubter Hydranten herumtoben).

Obwohl wenigstens sieben oder acht Meter hoch – aus der Ferne gemessen an der Körpergröße eines Passanten –, wirkt die Leinwand klein, wenn nicht winzig, vor dem Hintergrund der Häuser, Teil der Welt des Menschen inmitten einer Welt der Dinge, einer anderen, gewaltigeren Ordnung, deren Dimensionen so erstaunlich sind wie die eines bizarren Naturgebildes, mit ihren vor- und zurückspringenden, schnurgerade aufschießenden Kanten, zwischen denen sich riesenhafte, gänzlich verschattete Abrisse auftun, ihren Aufbauten in der Höhe, die Stufen bilden wie babylonische Zikkurats, sich übereinander türmende, rechteckige Formen in den Himmel schneidende Klötze; als ob man kein Ende gefunden hätte beim Bauen, oder keines finden wollte, jene obere Grenze, jenes Stockwerk, nach dem einmal Schluss gewesen wäre, wenn schon nicht mehr das Material, die Gleichungen einer am Computer berechneten Statik, eindeutige Vorschriften machen.

Von einem seltsamen Theater, dem das Dach fehlt,

hat der Park etwas an sich – auch ohne die Leinwand –, mit Tausenden von Logen, die die Fenster der Gebäude links und rechts sind, dem leeren Rasen als viel zu tief gelegenem Parkett und der Bibliothek als ewig gleicher Kulisse, ihre Rückfront ein Säulengang, über dem sich verglaste Rundbögen erheben (Säle mit Büchern dahinter), wie so ein Palast aus der Renaissance. Der selbst schon eine Kopie war *die Brise, die während des Nachmittags immer aufkam, sorgte für eine gewisse Abkühlung, über den Kegel des Vulkans herabfallender Wind, der wieder aufs Meer hinaustrieb, was die Strömung im Lauf des Tages vielleicht in die Nähe des Strandes geschwemmt hatte, ein paar Quallen oder Nester von Tang, manchmal Unrat* antiken Vorbildern nachempfunden *wie Plastiktüten, die auf See von einem Schiff über Bord geschmissen worden waren (Blödsinn, sagte Bartolomeo, der ganze Dreck kommt aus Sizilien, oder Neapel). Irene küsste Edoardo auf beide Wangen, dann nahm sie einen Schluck aus seiner Flasche Ceres, nach ihr Elena, die eine Zigarette in ihren Fingerspitzen hielt, so weit vorne, als müsste sie ihr im nächsten Augenblick entgleiten (wahrscheinlich hatte sie ihre kleine Tochter in der Obhut ihres Bruders gelassen). Als die beiden vor uns standen* in Vicenza das teatro olimpico *sah mich Elena traurig an, als könne sie nicht vergessen – das ist ihr Ding, dachte ich, dieser traurige Blick –, indes Irene in einer ihrer großen, überschwänglichen Gesten Chiara und mich an ihre Brust zog. Sie roch nach Piz Buin, süßlich nach Kokos, ein Geruch, bei dem man zuerst nicht weiß, ob es etwas zum Essen ist, wenn sich jemand damit eincremt, sorgfältig alle Partien des Körper, als sei es Drachenblut, das einen unversehrbar machen werde. Elena gab mir die Hand, ihre linke, so dass sie halb weggedreht von mir blieb, zögerlich, in einem langen roten T-Shirt, das sie mit einem Lackgürtel zusammengeschnürt hatte. Salvatrice, die jüngere Schwester Raffaelas, ging fluchend an uns vorbei, mit einer herrischen Armbewegung den Versuch Irenes unterbindend, sie anzuhalten, wie die andere heute nicht mehr mit Trost oder Argumenten zu erreichen.*

Hatte man sie lange nicht gehört, und gesehen nur als scheinbar unbeweglichen dunklen Fleck am Horizont, war die Fähre in der Zwischenzeit näher gekommen (als hätte sie einen Sprung übers Wasser gemacht) und begann ihr Anlegemanöver, sich drehend, um die Heckklappe auf die Rampe herunterlassen zu können. Die seitlichen Schrauben wirbelten Schaum hoch, ein brausender, gurgelnder Ton, zu dem sich die Geräusche der Dieselmotoren gesellten, die bei jeder Richtungsänderung stoßartig aufdröhnten. Für einen Moment trieb das Schiff schräg zum Ufer, in einem langsam stumpfer werdenden, sich dann verkehrenden Winkel, als sei es führerlos, bis die Maschinen wieder einsetzten, von einem Matrosen oben an der Reling dirigiert, der den Leuten im Steuerhaus Handzeichen gab. Taue, die man herabgeworfen hatte, wurden von zwei Männern in Arbeitskleidung, die kurioserweise beide kahlköpfig waren, mit Stangen aus dem Meer gefischt und um die Poller geschlungen, dabei gestrafft, als wollten sie die Fähre an Land ziehen – wie bei einer Fernsehwette. Und vielleicht wäre es ihnen gelungen, denn auf dieser Linie verkehrte nur ein älteres, kleineres Schiff, in dessen Ladedeck kaum zwanzig Autos passten, die Piero della Francesca, mit wenigen Kabi-

nen und lediglich einem, mit braunen Kunstledersofas und -sesseln möblierten Aufenthaltsraum, wo die meisten Fahrgäste lagerten (glücklich, wer sich auf einem Sofa ausstrecken konnte), Roststreifen unterhalb des Ankerlochs in der Bugwand, ein blauer Schriftzug auf dem sonst weiß gestrichenen Rumpf: siremar.

Von Palladio erbaut *jetzt noch ein Stück rückwärts* lexikalisches Wissen, das man unnütz mit sich herumschleppt *aufgewühltes Wasser schlug gegen den Beton, schwappte vorne in sich kreuzenden Wellen über die Rampe, während das Tuckern der Diesel ein letztes Mal mächtig anhob und Gischttropfen durch die Luft wehten. Dann war es vorbei, die Fähre hatte angelegt, und rasselnd senkte sich die Klappe am Heck (schwere Ketten, die an einem anderen Metall entlangschleiften), bis sie auf dem Boden, in dessen Betonmischung die Gehäuse von Muscheln inkrustiert waren, zu liegen kam. Ein Schreibbrett in der Hand, trat als Erster der Zahlmeister aus dem Schiffsbauch, ein untersetzter, von seiner Bedeutung zutiefst überzeugter Mann, der an einem affenartig behaarten Arm einen Silberreif trug, Umstehende mit einem knappen Kopfnicken grüßend, bevor er den Weg für die Passagiere freigab; man konnte gehen*

Für gewöhnlich ist da kein Band (armbreit, aus gelbem Kunststoff, ähnlich den Bändern, mit denen die Polizei die Straße nach einem Unfall absperrt, einem Verbrechen), in sich verdreht von Pflock zu Pflock um das Karree gespannt, vielmehr wird der Rasen auch an Werktagen von einer größeren Zahl unterschiedlicher Menschen bevölkert, es finden sich auf ausgebreiteten Taschentüchern oder Zeitungen sitzende, meist jüngere Geschäftsleute in dunkelblauen oder anthrazitfarbenen Anzügen ein, mit ihren Kindern spielende Mütter, erschöpfte Touristen, ein paar Bibliotheksangestellte, Studenten oder Wissenschaftler, die man aus dem Lesesaal kennt: eine blonde kurzhaarige Frau, die letztens über ihren Büchern eingeschlafen war und von einem der Saaldiener mit drei Knöchelschlägen auf den Tisch geweckt wurde; sicher wegen des Films am Abend, damit die Aufsicht nicht noch einmal Brottüten und zerdrückte Dosen (falls überhaupt) einsammeln muss, bevor es sich die Menge vor der Leinwand bequem machen kann, Plastikschüsseln und Getränke aus Netzen und Rucksäcken packend.

Sarah anzurufen ist sinnlos, weil sie heute im Meow Mix arbeitet, man hatte sie gestern gefragt, ob sie eine Schicht hinter der Bar übernehmen könne, es sei jemand krank geworden und absolut nicht einsatzfähig, sozusagen *definitely* – wie man sich durchschlägt, die halsabschneiderische Miete, die MetroCard, gelegentlich ein Taxi, Eintritt irgendwo, der sich nach und nach summiert, Essen im Veselka für acht Dollar, was einer ukrainischen Kohlroulade mit Beilagen entspricht, einem vollen Korb süß und warm duftenden, ganz locker gebackenen Brots. Rudimentär nur sprechen die Kellner englisch, als wären sie eben erst angekommen und hätten eigentlich einen anderen, ihrem Aussehen geziemenderen Beruf (Automechaniker oder Auftragskiller), am besten in der Regel, man tippt auf jenen Posten der Speisekarte, den man gewählt hat, mit Heringsfilets gefüllte Blinis und dazu eine kleine Schüssel Tomatensalat, Eiswasser ist umsonst: *that's all: ju arr wellkomm.*

Gut sitzt man nicht auf den Stühlen, deren Rückenlehne sich auf zwei Leisten oben an den Klappgestellen beschränkt, darunter Leerraum, in den man hineinrutscht, wenn man sich nicht einigermaßen gerade hält, als ob es darum ginge, ein längeres Bleiben subtil zu verhindern, die Zeit, die man für sein Sandwich und eine kleine Ruhepause braucht (vor wenigen Jahren noch war hier ein Treffpunkt von Junkies, war es selbst bei Tageslicht gefährlich, den Park zu betreten, eine der städtischen Todeszonen wie der Tompkins Square, wo man starb, ohne dass jemand Notiz davon nahm, blutige Spritzen im Gebüsch, Mullbinden, irgendwelche Kleidungsstücke, ein Schuh, ausgemergelte frierende Körper, die über die Kieswege schlichen, sich im nächtlichen Glanz der in den Hochhäusern ringsum erleuchteten Fenster begegnende Schatten, nicht sichtbar die Augen, die einen musterten, kaum spürbar der Pieks in die Vene), sich immer wieder aufrichtend, weil die Kante der unteren Leiste einem ins Kreuz drückt. Auch wenn man sonst fast regungslos verharrt, bildet sich ein klebriger Film auf der Haut, ist das Sitzen allein jetzt schon anstrengend genug in der heißen, schwer auf den Dingen und Menschen lastenden Luft, Dunstschleier am Himmel, die ein verwaschenes Blau ausfiltern, eine dünne, ermattet scheinende Farbe, die im Umkreis der lodernden Sonne ihre Tönung verliert und zu einer schmerzhaft blendenden, weißlich-gelben Fläche wird. Schwachbrüstig zieht das Geheul einer Polizeisirene herüber, als käme es nicht gegen die Atmosphäre an, sich stauchend in einem urplötzlich dichter gewordenen Medium (ob es sich noch um diese Geschichte mit dem eingestürzten Gerüst oder Lastenaufzug handelt?).

Langsam ins Leere gerutscht, richtet man sich mechanisch auf und schlägt erneut die Beine übereinander, einen nahe stehenden, mit einem blauen Müllsack ausgekleideten Abfalleimer anpeilend, in den man – ein leichter Pendelschwung des rechten Arms – die zerknüllte Tüte aus braunem Packpapier und die geleerte Coladose wirft *sie weinte* ein wenig benommen *und lachte zugleich* zu lange schon in der drückenden Schwüle, schutzlos, es wäre auch Zeit *der Rest unserer gemeinsamen Zeit schmilzt unerbittlich zusammen* an die Arbeit zurückzugehen. Die Räume der Bibliothek sind klimatisiert, obwohl ihre wuchtigen, mit Ornamenten im Stil des späten neunzehnten Jahrhunderts überladenen Mauern (die Kopie einer Kopie) wahrscheinlich jedem Wetter trotzen, man kann sich nicht vorstellen, es würde einmal zu kalt oder zu warm in den Sälen und Archiven, biegt man an der vierzigsten Straße ums Eck und schreitet dann zwischen den beiden, auf kantigen Sockeln ruhenden Löwen die Treppe zum Haupteingang hoch, eine gegen die lärmende schwitzende Außenwelt sicher verschlossene Burg

(Chaos in der fünften Avenue, es geht nicht vor und nicht zurück, ein Taxifahrer brüllt aus dem runtergekurbelten Fenster seines Wagens einen Polizisten an, der mit seinen Kollegen versucht, den Verkehr halbwegs geordnet in die viel schmaleren Seitenstraßen einzuwinken, ein anderer hat Streit mit einem Fahrradkurier, der weiter durchfahren will, ständiges Hupen, als könnte das bloße Geräusch den Stau auflösen, die Hindernisse zum Verschwinden bringen).

Der Zahlmeister kontrollierte die länglichen Fahrscheine, die man in dem kleinen Büro der Fährgesellschaft neben dem Café am Hafen kaufen konnte, andata oder andata e ritorno, für Bewohner der Inseln zu einem ermäßigten Preis, sah sich jeden sorgfältig an, als prüfe er Banknoten auf ihre Echtheit, ich habe keinen, sagte Chiara, als die Reihe an uns war, ich fahre gar nicht mit, dann können Sie, sagte der Zahlmeister, und hob in einer Art automatischen Bewegung seinen Arm mit dem Schreibbrett, auch nicht auf das Schiff, aber ich komme ja wieder runter, sagte Chiara, um, nachdem er den Kopf schüttelte, mit etwas lauterer, die einzelnen Worte deutlich betonender Stimme zu wiederholen: Ich komme ja runter, bevor das Schiff ablegt. Edoardo trat hinzu und mischte sich ein, die Signora, blökte er, stattet dieser famosen Barke nur einen Besuch ab, er holte tief Luft, nur einen kurzen Besuch, verstehst du? Anscheinend nicht gewillt, sich heute provozieren zu lassen, fragte ihn der Zahlmeister geschäftsmäßig nach seinem Fahrschein, woraufhin Edoardo, den untersetzten Mann um zwei Köpfe überragend, schwankend auf die Brusttasche seines Hemds deutete, in der ein Billett steckte – als könne man nicht mehr verlangen und reiche das für ihn, einen Bellozzi, als Legitimation allemal aus.

Irene trennte die zwei, scusate, sagte sie, und schob Edoardo, der es sich widerstandslos gefallen ließ, ein Stück beiseite, vielleicht war er schon zu erschöpft oder zu betrunken, um das Spiel fortzusetzen, diese unnötige Kraftprobe, indes Irene begann, dem anderen die Sache zu erklären, obwohl es wenig zu erklären gab, aus der Sicht eines Angestellten, der seine Vorschriften hatte und seine Erfahrungen mit blinden, auf jeden Fall nicht zahlenden Passagieren, die unter dem gleichen Vorwand an Bord gekommen waren; dass man den Abschied noch hinauszögern will, jeden Augenblick, bis das tutende Signal des Schiffshorns ertönt und die Schrauben das Wasser aufwühlen. Von Irene, Chiara, Elena und mir umringt und daran gehindert, seine Funktion zu erfüllen (mehrstimmig wurde auf ihn eingeredet), versuchte er zu entkommen, vergeblich, weil die Frauen ihm den Weg versperrten. Man sah, dass es an ihm zerrte – die Fassung zu bewahren, sich nicht zu einem Wutausbruch hinreißen zu lassen, mit einer derartigen Unbotmäßigkeit konfrontiert, die seine Autorität offen in Frage stellte, sein alleiniges Vorrecht zu entscheiden, wer auf die Fähre darf und wer nicht. Das sich nähernde Geräusch eines Motorrollers, dessen Auspuff nicht mehr ganz fest saß oder einen Riss hatte, löste die Spannung des sich anbahnenden wilden Streits, zweifelsfrei Bartolomeo, der mit Francesco auf dem Rücksitz über die Rampe kam und beinahe in unsere Gruppe hineinfuhr, dem Zahlmeister Gelegenheit gebend, sich ohne Gesichtsverlust zwei, drei Schritte zurückzuziehen.

Sie wollten Lebewohl sagen, Bartolomeo schief lächelnd, als er abstieg, um mich zu umarmen, während es Francesco hinter ihm sichtbar schwer fiel, sich auf den Beinen zu halten, in merkwürdigem Gegensatz zu seinem athletischen Körper, diese tapsigen zeitlupenhaften Bewegungen, wie sie Schlafwandler in Filmen an sich haben, oder Untote, mit halb geschlossenen Lidern, als seien sie heruntergesackt: zugeschossen bis in die Haarspitzen, gleichwohl er zu wissen schien, wo er war und warum, mich scherzhaft professore nennend, wie er es von Anfang an getan hatte, stammi bene, in schleppender, die Silben verschleifender Sprache. Pass du auf dich auf, sagte ich, ihm in die Augen sehend, seine stecknadelkopfgroßen Pupillen, über die jetzt langsam seine Lider klappten, wir passen auf ihn auf, sagte Bartolomeo, und, an Francesco gewandt, setz dich mal da auf den Poller. Unterdessen hatte Edoardo den Disput mit dem Schiffsoffizier wieder aufgenommen, weniger aggressiv als vorhin, nichtsdestotrotz aber laut nölend in seiner Betrunkenheit über die Weigerung des Mannes, jemanden ohne gültigen Fahrschein auch nur für fünf Minuten an Bord zu lassen, gefolgt von Irene und den anderen (selbst Raffaela, die das alles nichts zu interessieren hatte, fühlte sich plötzlich ermuntert, ihren Senf dazuzugeben, und krakeelte in der Runde irgendwas von der ganzen Scheiße herum, die einen tagtäglich fertig mache), ich fasste Chiara bei der Hand, und wir gingen zum geöffneten Hecktor der Fähre, von keinem beachtet – außer von Elena, deren verletzter Blick mich traf, unausweichlich, dachte ich, doch war ich nicht der, den sie suchte

Raum 100 im ersten Stock *nicht der, den sie suchte* der Microform Reading Room, am Ende eines langen Flurs auf der linken Seite der Bücherei gelegen, zur vierzigsten Straße hin *in der mittlerweile eingebrochenen Dämmerung, fast Nacht, verwandelte sich das in Schattierungen des Alters abgestufte Weiß der kubusförmigen Häuser in Flecken eines müden schmutzigen Graus, ein von elektrischen Lichtern punktiertes Feld sich am Hang des Berges ausstreuender kleiner Würfel, unterhalb der Kirche, die auf einem durch seitliche Mauern gestützten Plateau stand, verdichtet zum Kern einer ineinandergebauten, zahlreiche Terrassen bildenden Siedlung. Nach wenigen Minuten, kaum hatte die Piero della Francesca Fahrt gewonnen, begann sich das Bild schon aufzulösen, verschwammen zusehends die Umrisse des Ortes und seiner Ausläufer links und rechts in nebelartigen Klecksen, die sich am Ufer entlangzogen, ein schmaler hellerer Streifen am Saum des dunkel aufragenden Vulkans, der in seiner ganzen Größe nur vom Meer aus zu betrachten war, als treibe ein monumentaler, nahezu perfekter Kegel irgendwo mitten im Wasser. Nicht lange und dann verschluckt trotz des periodisch flackernden roten Scheins in der Höhe vom nächtlichen Horizont, der Entfernung, die die vibrierenden Dieselmotoren* das Gerät einschalten und weitermachen *zwischen uns schufen* es kommt ans Licht das Familienregister von New Hebron aus dem Jahre 1804, mit Federkiel geschriebene Namen und Zahlen, Tintenspritzer, zerflossene Buchstaben. Da tauchen Sippen auf und verlieren sich, Geschäfte werden gegründet, Farmen versteigert, Konzessionen erteilt, gar nicht selten von Band zu Band in einem Geschlecht derselbe Beruf, über Generationen hinweg vererbt: blacksmith, die Schmiede wie gewöhnlich übergegangen vom Vater auf den ältesten Sohn, die Töchter verheiratet den Nachbarn, den Martins und Hardwicks, deren einer Ebenezer hieß, jung gestorben im Alter von neun (feverish – fieberkrank). Man möchte Geschichten dazu erfinden, das Gerippe der Daten, einzelner Worte, kryptischer Bemerkungen auffüllen mit den Kapiteln des Dramas, das man dahinter vermutet, nachhallend bis heute durch die dürren Angaben hindurch; immer wieder schweifen die Gedanken ab, entzündet sich die Phantasie an einem Schnörkel auf den oft rissigen, von Falzspuren gezeichneten Seiten, die der Bildschirm vergrößert zur Schau stellt, man glaubt, die Hand sehen zu können, die diese Bögen zog, zu beobachten, wie sie ausstrich, Majuskeln verzierte oder Sternchen und Kreuze in eigenwilliger Form aufs Papier setzte. Wie mag der, dem sie gehörte, gewesen sein, fragt man sich manchmal, berührten ihn die Schicksale überhaupt, die er in seinem Buch protokollierte, oder ließen sie ihn kalt als ein Werk der Vorsehung, nur Chiffren eines prädestinierten Geschehens, von dem er der Nachwelt pflichtbewusst Zeugnis ablegte (so ein bigotter Typ wie bei Hawthorne, gibt's einen Film, in dem Demi Moore die Ehebrecherin spielt).

Dreht man den Knopf, der die Microfiches unter der Optik bewegt, eine Spur zu schnell, aus Unachtsamkeit oder mit der zittrigen Hand eines Katers zum Beispiel, rasen die Sachen an einem vorbei, verwandelt sich die altertümliche, in Spalten gebrochene Schrift in das flirrende Muster eines abstrakten Gemäldes, aus Tuben mit schwarzer Farbe über die Leinwand verteilte, sich wie beim Actionpainting nach dem Zufallsprinzip entspinnende Bahnen, deren unkontrollierte Verschlingungen die Idee spiegeln, man könne das Innere seiner Gefühle in einem spontanen Kraftakt zum Ausdruck bringen.

Anhalten, den Knopf justieren, gucken, wo man gelandet ist: passed away, Maine-born, left the place to be seen no more by no one. Man hätte gehört, steht da, der Betreffende wäre nach dem Westen weitergewandert, im April 1806, ein craftsman namens Pinckney, der in der Gemeinde kurz Aufsehen erregte durch seine Fähigkeit, Zimmermannsnägel mit bloßen Händen zu biegen (warum sie einen solchen Herkules nicht zum Bleiben aufgefordert haben?); wie nach einer Stecknadel im Heuhaufen, so kommt einem die eigene Suche vor, während man vage bekundeten Indizien folgt, einem flüchtigen Hinweis, den man im Brief eines Ururgroßvaters gefunden hat, dessen Spur selbst bislang in genealogischem Niemandsland verschwindet, eine Menge Gerüchte, die im Lauf der Zeit zu einem Teil des Familienromans geworden sind, wie sie dem Forscher heute als Gewissheiten von den Töchtern erzählt werden, ihr old man sei doch immer stolz darauf gewesen, von jenem Siedleradel abzustammen, dessen Ahnenreihe linear auf die Mayflower zurückgehe, puritanisches Fundament der neu zu erobernden Welt, in strenges Schwarz gekleidete Männer, die in ihrer Bibeltreue glaubten, den Garten Eden aus dem Boden stampfen zu können. Schließlich hätte sich das, diese Vorstellung, auch im Werk des Alten niedergeschlagen (ist einem spätestens seit der Lektüre von alleine klar), ein in seinem Ganzen religiös gefärbter Kosmos, den Erlösungsphantasien grundierten; und der in seinem letzten Epos die Mechanismen des angelsächsischen Rechtssystems als herabgesunkene, sozusagen profanisierte Winkelzüge des Jüngsten Gerichts verhöhnte, ein bürgerliches Armageddon.

Hat man nichts Wesentliches aufgespürt, etwas, mit dem man weiterarbeiten könnte, eine Namensvariation, eine mögliche Verwechslung von Buchstaben, t statt d, oder den Wandel von ss in th, in keiner der aberdutzend Taufbescheinigungen, die einem für diese Region inzwischen vor Augen gekommen sind, wendet man sich am besten (Zweifel an der grundsätzlichen Sinnhaftigkeit des noch für einige Wochen finanzierten Tuns unterdrückend) der Archivarin der Milstein-Stiftung zu, einer freundlichen kooperativen Frau, die einem den Datenbestand des Nachbarsprengels über den Tresen reichen wird, den nächsten Satz fotografisch dokumentierter Chroniken: aus dem Gedächtnis einer noch die Schrift schätzenden – Gekrakel auf irgendeinem, mehr oder weniger haltbaren Material –, das Geschriebene der Vorfahren als Herrschaftszeugnis verstehenden Klasse *wie fing es nochmal an, in einem Berliner Frühjahr, es scheint Jahrhunderte her zu sein*

Edoardo war ein Freund von Nils, so lernte ich ihn kennen als handele es sich um einen Trieb, eine nie erlöschende Energie, unter allen Umständen, an den entlegensten Orten der Welt, den Einzelnen in einem größeren Zusammenhang zu verankern, ihn als Glied zu sehen in einer ununterbrochenen Kette von Geburten und Todesfällen, Nachkomme und denkbarer Erzeuger zugleich, Träger eines Namens und einer Geschichte, die sich in seiner Person fortsetzt und von ihm weitergegeben wird – ad infinitum: jedes Findelkind ein die Stammesgesetze erschütternder Skandal, Mensch ohne Ursprung, den geheime und durch ihr Geheimnis umso gefährlichere Kräfte beseelen (als hätte man einen Vater, eine Mutter nur, wenn man auch von ihnen zu erzählen wüsste). 1806, 07, 08, New Hebron, New Canaan, Wallingford, Bethlehem *natürlich ging es um Geld, darum, sich risikolos für ein paar Monate zu sanieren, den Sommer über bis in den Herbst, bevor sich etwas Neues fände* bald sind alle in Frage kommenden Register durch, ist die Liste auf dem Tisch neben der Konsole vollständig abgehakt, eine Beruhigung des akademischen, sich in formaler Rechenschaft übenden Gewissens; dass man nichts ausgelassen hat, über Wochen hinweg keinen Punkt des sich selbst gestellten, in irgendwelchen Anträgen vervielfältigten *ein unumkehrbar voranschreitender, sich nun täglich beschleunigender*

Verfall des über der von spinnenbeinartigen Fingern bis zum Kinn hochgezogenen ... des Gesichts über der von spinnenbeinartigen Fingern bis zum Kinn hochgezogenen Decke, als schäme er sich seines Zustands und wolle ihn verbergen und bei verschiedenen Gremien mit der Bitte um Unterstützung eingereichten Programms, aus dem deutlich wird, dass man im Prinzip der Erste ist, der sich dem Thema auf diese Weise nähert *gelb verfärbte Augen* ohne ins rein Biografische zurückzufallen *in denen sich das nicht zu verbergende Entsetzen des Besuchers spiegelte* das Eindringen familiarer Mythen in die Struktur *am Bettrand sitzend und wider bessere Einsicht dem Kranken Mut zusprechend, Floskeln gebrauchend, deren Unwahrheit sie beide durchschauten und die keinem von ihnen sonst über die Lippen gekommen wären. Anfangs gelbstichig, hatte das Augenweiß in kurzer Zeit eine lehmige, fast braune Tönung angenommen, als sei ihm die Galle zu Kopf gestiegen, das von der Leber kaum noch aus dem Blut gewaschene Gift, wie seine Haut karotinfarben geworden war, immer schlaffer und faltiger um einen Körper herum, der zu schrumpfen schien, dem ganzen Aufwand der Ärzte zum Trotz, die ihm über dünne Schläuche Medikamente und Nährlösungen zuführten, dabei die Wahrheit verschweigend, oder vielmehr, sich bei jeder Befragung Hintertürchen offen haltend, anstatt zuzugeben, was in diesem Fall Sache und für jeden anderen absolut logisch, das heißt, augenfällig war, als würde es sie in ihrer Ehre treffen, bestimmte Worte in den Mund zu nehmen, bestimmte einfache Bezeichnungen, mit denen man etwas anfangen kann. Manchmal, wenn er schlief aus Erschöpfung, ging sein Atem rasselnd (obwohl er ja nichts an den Lungen hatte), und er begann zu husten, weil er sich vermutlich am eigenen Schleim verschluckt hatte, ich stützte seinen Nacken mit einer Hand und wischte ihm mit der anderen, mit einem Papiertaschentuch, den Auswurf vom Mund, von schwarzblauen Fäden durchwirkte Klümpchen. Du hast schlecht geträumt, sagte ich, du musst dir keine Sorgen machen, es läuft alles easy, wir haben die Geschichte im Griff. Er nickte, ohne mit seinem Schrecken fertig zu werden, mir war nicht gut, flüsterte er, einen Moment ist mir wirklich nicht gut gewesen. Wie ein ruckender Lift bewegte sich in den Sprechpausen sein Adamsapfel auf und ab, zwischen zwei am abgemagerten Hals hervortretenden Sehnen, da waren Bartstoppeln, die man beim Rasieren nicht erwischt hatte, harte silbrige Härchen unter seinem Kinn und am Ohr*

Ein merkwürdiges Bild, die Fahrbahn der fünften Avenue um diese Zeit so leer zu sehen wie selbst nachts nicht, wenn noch einzelne Wagen Richtung Süden unterwegs sind, one way vorbeirauschende Taxis, die gelben Schiffen gleich die Dünung der Straße abreiten, lang gezogene Grundwellen aus sich hebendem und wieder senkendem Asphalt, manche mit keilförmigen Leuchtreklamen auf dem Dach, die wie eine spezielle Fracht anmuten (gab es nicht Streit, ob sie diese Schilderkästen überhaupt transportieren dürfen?), einmal ein elegant angezogener Mann, der gemächlich in die Pedalen seines Rennrads trat und lautstark telefonierte, als wir aus dem Kino auf der dreizehnten West nach Hause gingen, ein paar Häuserblocks lang den Triumphbogen am Washington Square vor Augen, bis wir nach links schwenkten, die fünfte verlassend, die jetzt so leer ist, ohne den tagsüber pausenlos rollenden Verkehr, wie einstmals Autobahnen während der Ölkrise, nur ein Strom von Passanten, und zwei blau-weiße Polizeiwagen, die schräg zueinander stehend die Kreuzung am nördlichen Flügel der Bibliothek blockieren: für kein Fahrzeug hier ein Durchkommen mehr in den unteren Teil der Stadt. Die Schlucht dahinter liegt schon ganz im Schatten, den die Steinmassen der in sich gestaffelten, den Park auf dieser Seite begrenzenden Türme werfen, die breite Straße verdunkelnd wie einen Hohlweg, während der frühabendliche Himmel weit oben zwischen den Dächern noch fast wie zu Mittag scheint, vielleicht etwas bleicher geworden, und mit Spuren von Grau, die die in Kürze hereinbrechende Dämmerung ankündigen. In ein, zwei Stunden würde der Film beginnen, wenn man eine Programmzeitschrift zur Hand hätte, wüsste man, welchen sie heute spielen, normalerweise Klassiker aus den fünfziger Jahren, die sonst nur verstümmelt im Fernsehen gezeigt werden, wie überall auf der Welt mit abgeschnittenen Rändern und Werbeeinblendungen, über denen man die Handlung vergisst. Als handele es sich bei den Bildern von Tütensuppen und durch die Luft schwebendem Toastbrot nicht allein um Unterbrechungen, sondern eine moderne Form jener Übermalungen, die erst Röntgenaufnahmen wieder ans Licht bringen, von späteren Farbschichten verdeckte Figuren enthüllend, die im Untergrund ein schemenhaftes Dasein als Negativ fristen, auf dem hell dunkel *Wollen Sie ihn selber rasieren? fragte die Schwester* und dunkel hell ist, als sähe man den Schnappschuss eines Gespensterjägers *(Dan Aykroyd in Ghostbusters!) dann seien Sie bitte vorsichtig mit den Kanülen, und den Rasierer immer schön locker halten, so harmonische Bewegungen von unten nach oben, das muss wirklich nicht perfekt sein*

Seine Kunden empfing Nils im Vorführraum eines Neuköllner Kinos, von der Kasse übers Haustelefon angekündigt gemäß einer Liste, die er vorher erstellt hatte, Decknamen und Uhrzeiten, das Rattern der die Zelluloidstreifen einziehenden Projektionsapparate ohne den üblichen Verkehrslärm sind plötzlich die Stimmen und Schritte der Menge zu hören, die man runter bis zur achtunddreißigsten Straße gehen lässt, wo ein Kordon von Polizeibeamten sie nach links und rechts zerstreut, kaum eine Ausnahme machend (ziemlich schwierig, sich zu legitimieren: Eh, ich wohne da, oder: Ich ziehe Sie persönlich zur Verantwortung, wenn dieser wichtige Termin platzt), ein vertrauenerweckend menschliches Geräusch, das – wie in den Samt einer Schatulle gebettet – eingefasst wird vom verwehenden Ton einer einzelnen Sirene, dem durch die Entfernung, die Schwere der Luft, gedämpften Aufbrausen anfahrender Motoren, Fetzen smoother Musik, die durch die klappende Tür eines Diner entweichen, auf einer Tafel im Schaufenster in Neonfarben die Angebote des Tages, Putenburger mit Bratkartoffeln, Salat à la Caesar, irgendeine Hackpastete und Lammkoteletts, zu denen es Spinat gibt – jedes Gericht im Angebot für weniger als zehn Dollar: ein langer, den schmalen Raum halbierender Tresen, vor dem etwa ein Dutzend, im Boden verschraubter Hocker stehen, an der verspiegelten Wand vier oder fünf weich gepolsterte Sitzbuchten, die alle mit Gästen besetzt sind, Tony Bennett, das ist die Musik, einer der Schnulzenkönige aus den sechziger Jahren, seine Haare so unecht wie seine Zähne, wellt sich melodisch durch das Lokal, *slumming down the avenue*.

Der ältere Barmann trägt ein weißes Hemd mit klobigen goldenen Manschettenknöpfen und eine weinrote Lederweste, die an den Schultern speckig glänzt, wenn er sich vorbeugt unter einer Reihe von Milchglaslampen, deren runde Gehäuse mit den Signets von Biermarken beschriftet sind, um Essen zu servieren, leere Teller abzuräumen, Kaffee nachzuschenken oder einem Neuankömmling kopfnickend die Speisekarte zu reichen, eine unhandlich große Doppelseite aus Plastik, die man wie eine aufgeschlagene Zeitung im Schoß halten muss; hinter einigen Gerichten sind die vorgedruckten Preise ausgestrichen und durch höhere ersetzt worden, mit einem blauen Kuli, dessen Farbe im Lauf der Zeit verblasst ist, abgegriffen auf dem leicht klebrigen, verschwimmende Lichtmuster reflektierenden Untergrund, so dass sich die beiden (einmal drei) Ziffernfolgen vergleichen lassen, die

Investition für ein Thunfischbrot damals und heute, plus den Kosten für eine kleine Flasche Beck's, the famous German beer from Bremen. Nachdem er die Bestellung notiert hat, reißt der Mann den Zettel von seinem Block und legt ihn – die Frage nach einem aktuellen Kinoprogramm verneinend, weder habe man Time Out da noch die Village Voice – auf das Brett einer sich in der Rückwand der Bar befindlichen Klappe, von wo ihn eine braune Hand wegnimmt, so unmittelbar zustoßend, als lauerte sie schon länger im Verborgenen auf dieses Stück geknicktes Papier, sei das die Aufgabe, für die sie bezahlt würde. Aus einer mit feinen Eiskristallen überzogenen Flasche Bier, die zu unsanft auf der polierten Theke abgestellt wird, tritt Schaum *ich muss wohl ins Krankenhaus* den ein rasch untergeschobener, aus mehreren dünnen Lagen bestehender Filz einsaugt. Folgen Wischbewegungen mit einem Schwammtuch *sagte er am Telefon* Auswringen des Tuchs in einem Spülbecken, wobei der routinierte Blick des altgedienten Kellners über die Anwesenden schweift (will jemand noch was?), sich dann flüchtig hochwendet zu zwei von der Decke hängenden, in einem Metallgestell verklammerten Monitoren, während seine Hände zugleich den schwammigen Lappen über den Rand eines Eimerchens breiten, eines kleinen, im Schatten der Zapfhähne aufbewahrten Plastikeimers. Die Bilder sind stumm, der Ton der beiden Fernsehapparate ist ganz heruntergedreht, stattdessen Stimmengewirr, Musik vom Band und das helle Geräusch sich an

Porzellan stoßender Messer und Gabeln *wie entblößte es einen, aus seinem Mund das alles zu hören, auch wenn er versuchte, die Sache zu verkleinern, von einem normalen internistischen Vorgang sprach, dem man sich nicht widersetzen könne, hörst du?, übermorgen rücke ich ein*

Links läuft ein Sportkanal, der (und das ist seltsam genug) jetzt ein Fußballspiel sendet, eine Begegnung zwischen zwei südamerikanischen Clubs – wie man unschwer erkennen kann an den Myriaden von Papierschnipseln, die durch das Stadion segeln, und den etlichen, von den Rängen in die Strafräume geschleuderten Rollen Clopapier, die die Aktionen der Stürmer behindern, oder zu behindern scheinen, sich um die Lederkugel wickelnd, um dann aber bald zu zerreißen, flatternde weiße Schärpen bildend, die von den Spielern noch ein paar Schritte nachgezogen werden. River Plate gegen die Boca Juniors, blau-gelb gestreifte Trikots gegen welche mit einem roten Diagonalstreifen über der Brust, auf der Ehrentribüne an Zigarren nuckelnde Männer, die der Regisseur bei jeder Unterbrechung einblendet. Als ein Tor fällt, zieht sich der Schütze sein Trikot über den Kopf und steigt (blind also) die Sprossen des Gitterzauns zwischen Rasen und Zuschauern hoch, lässt sich feiern in einer Traube ekstatischer Leiber, indes die gegnerische Mannschaft schon auf den Anstoß wartet, nervös im Mittelkreis steht, um weiterzukicken. Der Rauch orange glühender Nebelkerzen weht durch das Stadion, aus Kartuschen aufsprühender Funkenflug,

Nachrichten rechts, Bill Clinton schüttelt die Hände vor ihm angetretener Bürger, die der Nation auf ihre Weise gedient haben, heftet ihnen Medaillen an, wechselt mit diesem oder jenem ein scherzhaftes Wort, einem Joseph McMurray, wie in der Unterzeile zu lesen ist, der ein Kind vor dem Ertrinken im Potomac River gerettet hat, einer Wilma Messerli, die sich seit Jahren um die Obdachlosen in ihrer Stadt kümmert und Spenden sammelt,

eine Massenschlägerei, die Fanblöcke sind sich in die Haare geraten, von oben stürmen Polizisten die Tribünen herab, mit Schilden und Helmen bewehrt, knüppeln nach links und rechts auf die Anhänger der Vereine ein, die sich mit den Stöcken ihrer Fahnen verteidigen,

an einer geschwungenen, fast halbrunden Tischplatte sitzen zwei Moderatoren, ein Mann und eine Frau, die ein Gespräch teils untereinander, teils mit der Kamera führen, ihre Köpfe wie auf geheime Zeichen hin drehend, so dass ihre Blicke entweder gleichgerichtet sind oder sich aufeinander beziehen (keinesfalls aber verfehlen), eine Harmonie der Interessen behauptend, die das Publikum zu Komplizen macht, es ungefragt einbezieht in ihre launigen Anmerkungen zu dem, was die Berichte zeigen,

in den Rauchschwaden, die sich über den Platz gesenkt haben, lassen sich die Mannschaften kaum mehr unterscheiden, nur in verschleierten Nahaufnahmen erkennt man, wer gerade einen Angriff vorträgt und wer ihn zu stören versucht, plötzlich aus dem Nebel tauchend, holt ein blau-gelbes Phantom einen Gegner von den Beinen (Blutgrätsche, würde man in Deutschland sagen),

ein durch die Tonlosigkeit, das Stumme der Bilder sich noch verstärkender Eindruck, dem Widerspruch so fremd ist wie eine exotische Krankheit, und Zweifel ein verbotenes Wort. Der Mann weist mit dem Daumen über seine Schulter auf ein im Hintergrund eingeblendetes Foto, das sich wirbelnd nach vorne in Bewegung setzt, dabei größer wird, bis es mit den Rändern des Schirms abschließt, um dann rasch zum Stillstand zu kommen und sich zu verwandeln in den Auftakt einer Filmreportage: über eine Reihe von Schaulustigen hinweg (als stünde der Kameramann auf einem Bierkasten) sieht man in einiger Entfernung an einer Straßenecke ein ziemlich hohes Gebäude, das von einem Stahlgitter ummantelt wird, wie eine zweite Haut, eine extravagante Fassade, die es von den benachbarten Häusern abhebt, im unteren Drittel durch grünlich schimmernde Planen verhängt, solchen feinmaschigen, vor umherfliegenden Steinchen schützenden Netzen aus Kunststoff – an die das Bild nun heranfährt, oder vielmehr, denen es sich in zwei, die Distanz ruckhaft überbrückenden Sprüngen nähert, zwischen Rettungswagen steht eine Gruppe behelmter Feuerwehrleute mit in den Nacken gelegten Köpfen, einer deutet mit seinem Arm nach oben, scheint den anderen etwas zu erklären. Der von ihm gewiesenen Richtung folgt in einer spontanen Dramaturgie ein

Schwenk in die Höhe, der unter wiederholtem Nachziehen der Schärfe das Sprossenmuster der Einrüstung abtastet, bis die vermeintliche Unglücksstelle erreicht ist, eine Delle in der vielgliedrigen Konstruktion aus verschraubten Trägern und Stützen *das gleichgültig besorgte Gesicht des Arztes, der mir die Wahrheit nicht sagen kann* dahinter hängt schief in verzogenen Laufschienen eine Art Korb *ich wollte sie in diesem Moment auch gar nicht hören* eine dem Augenschein nach für Lastentransporte gebrauchte, wie ein Faraday'scher Käfig umschlossene Plattform, in sich verkantet, so, wie man die Szene wahrnimmt auf dem rechten Monitor am Ende der Bar *ein einsilbiges, meist eher geflüstertes als deutlich ausgesprochenes Wort*

Zahnstocher halten die Lagen des mehrfach gedeckten Sandwich zusammen, eine Paste aus klein gehacktem Thunfisch, Zwiebeln und Salat zwischen knusprig gerösteten, von Ecke zu Ecke halbierten Weißbrotscheiben, die ähnlich den vier Flügeln einer Turbine oder eines Propellers auf dem mit einer dünnen blauen Randlinie versehenen Teller angeordnet sind, dazu stellt der Kellner ein in runde Fächer unterteiltes Gestell (eine WMF-Kopie), in dem sich außer einer Ketchupflasche noch eine mit Barbecuesauce und eine Mexican Hot Chili genannte befinden, Salz- und Pfefferstreuer, als sei das Essen hier nicht denkbar, ohne die Möglichkeit, es nachzuwürzen, ihm den letzten Schliff zu geben mit jenen industriell produzierten, rotsämigen Tunken, die man nur schwer aus den dickwandigen Flaschen herausbekommt, vorsichtig auf den gehöhlten Boden klopfend, bis sich etwas von dem zähflüssigen Zeug in kontrollierter Weise (Paprikastückchen sind da drin) und nicht wie überquellende Lavamasse auf den Teller ergießt. Gut, noch ein Bier, ja, meinetwegen noch ein Beck's.

Werbung,

Julie Dennis, laut Einspielung für Eyewitness News berichtend, spricht hektisch in ein Mikrofon, dessen Schaumstoffhülle mit dem Logo des Senders gekennzeichnet ist, Feuerwehrleute und Polizisten seitlich hinter ihren schnittig geföhnten Haaren, im Dunst des verhangenen Tages trüb flackernde Signallichter in Blau und Rot und Gelb, uniformierte Bewegungen, vielleicht jemand zum Interview bereit?

Trotz der Zahnstocher muss man beide Hände zu Hilfe nehmen, um von einem der dreieckigen, voluminös gefüllten Schnittchen abzubeißen – andernfalls fielen sie auseinander oder würden entzweibrechen –, wie sonst nur bei McDonald's mit einem Katzenbuckel tief über den Teller gebeugt, auf dessen Grund sich ein haarfeiner Riss abzeichnet (gar nicht schlecht schmeckt das), der in einer lang gezogenen Kurve unter einem grün bespitzten Chicoreeblatt verschwindet (warmer Toast, der Fisch, diese Mayonnaise, auch ein paar Erbsen), das wie die anderen als überflüssige, mit Anchovis verzierte Dekoration die Leerräume zwischen den Broten ausfüllt,

gewinne ein Vermögen mit der Powerball-Lotterie, der seit Wochen nicht geknackte Jackpot steht auf hundert Millionen Dollar, eine jetzt das linke Bild beherrschende, in schnellem Rhythmus blinkende Zahl, die von einem Kranz starrer rötlicher Zacken eingerahmt wird, dann sieht man vor der Kulisse eines Palmenstrandes eine Motoryacht elegant durchs türkisblaue Wasser pflügen, danach ein großes gediegenes Landhaus, in dessen Auffahrt ein chromglänzender Jeep und eine Mercedeslimousine parken,

außer dem Barkeeper manchmal schaut niemand sonst, keiner der anderen Gäste, zu den beiden Monitoren und ihren Programmen hoch, alle sind mit sich und Essen und Trinken und Reden beschäftigt, nicht einmal die Frau ein paar Plätze weiter, die ohne Begleitung vor einem Cocktail sitzt, schenkt den geräuschlos flimmernden Apparaten einen kurzen Seitenblick – aus Langeweile vielleicht oder Gewohnheit –, sondern starrt auf die Batterie Flaschen in dem verspiegelten, die Öffnung zur Küche aussparenden Wandregal (hinten gibt es noch eine Schwingtüre, durch die die Kellnerin verschwindet, die an den Sitzecken im Raum bedient), rührt gedankenverloren mit dem Plastikhalm das gestoßene Eis in ihrem bauchigen Glas herum, nimmt einen Schluck: die Schultern hebend, als koste es sie Mühe, überhaupt von der schrillgrünen Flüssigkeit zu trinken, was mag das sein?, die synthetisch wirkt, von künstlichen Farbstoffen gesättigt, wie ein in Deutschland vor Jahren auf den Markt geworfener Likör mit Bananengeschmack. Sie hat ihre braunen Haare überm Nacken mit einem ovalen

Schild und zwei sich darin kreuzenden Stäbchen hochgesteckt, wahrscheinlich in einer jener mühelosen Gesten, die Männern in ihrer Steifheit unmöglich sind, zu lächerlich meistens, etwas ohne Hinzusehen oder hinter dem eigenen Rücken zu tun, als würde man im Unsichtbaren automatisch das Koordinationsgefühl für seine Gliedmaßen verlieren. Mit geschlossenen Augen schreiben, ein Blatt Papier zu einem Flugzeug falten, zwei Fäden verknüpfen. Wie Sarah es kann, wie sie es demonstrierte in einer kleinen, von schroffen Felsen ausgebildeten Bucht an der Südküste Kretas, ihr T-Shirt als Maske um den Kopf geknotet (Where do you come from? New York), geschwind die Enden einer Schnur zu einer Schleife bindend, als hätte sie nie etwas anderes gemacht (I'm an actress), lachend ihre Augen wieder befreiend, so einfach sei das – oder blind die Gabel zum Mund zu führen, als das Gespräch abends noch einmal auf das Thema kam, im fast leeren Speisesaal einer fast leeren Pension zwischen Chora Sfakion und Preveli, mit blanken Neonröhren an der Decke und einem sperrigen Gebirge aus in einer Ecke zusammengeschobenen Tischen und darauf gestapelten Stühlen, was dem ungeheizten schmucklosen Raum ein wenig vom Erscheinungsbild einer Kunstinstallation verlieh, versuch's mal, sagte sie, aber nichts, wirklich gar nichts darf herunterfallen.

Es war Ende April und mittags oft schon so heiß, dass man freiwillig in den Schatten ging, die wenigen Reisenden, die es zur Vorsaison an diesen Flecken verschlagen hatte, noch kaum ein Hotel geöffnet, die Strandbuden vernagelt, einmal täglich hielt ein Linienbus vor dem Häuschen der DEA-Tankstelle. Man geriet zwangsläufig ins Gespräch, auf einem zum Meer hin abschüssigen Feldweg längs betörend duftender Fenchelsträucher, erzählte sich Splitter von Geschichten, aus denen das eigene Leben besteht, dem anderen Glauben schenkend, dass alles so sei, wie er sagt. Hat man ein paar Tage gemeinsam verbracht, hat man angefangen sich zu verlieben, scheint aus den bruchstückhaften Teilen ein Bild zu werden, dann eine Abfolge von Bildern, als würde man Filmschnipsel zusammenkleben, die plötzlich eine Chronologie ergeben, beziehungsweise deren Montage man im sich langsam erhellenden Wissen um ein Früher und Später, ein Vorher und Nachher, in die Hand nimmt, bis schließlich die Gegenwart erreicht ist, die Person, die einem gegenübersitzt, mit der man im Bett liegt. Wie bei einem Beweis funktioniert das, der Schritt für Schritt die Erklärungen liefert, die man offenkundig nötig hat, bedürftig nach Logik, nach Interpretation und irgendeiner Zukunft. Sinnliche, die Zeit überbrückende Schlussfolgerungen, eine Privatgeschichte der Empfindungen, die eine bestimmte Geste nicht mehr als zufällig versteht, sondern als körperlichen Ausdruck eines ganzen Romans, Schule und Familie *du kannst ruhig rauchen, sagte er, mich stört das nicht, aber stell dich ans Fenster. Wen es stören könnte, deutete er in Richtung Tür mit einer schwachen Bewegung seiner linken Hand an, auf deren Rücken ein Pflaster klebte, unter dem ein Plastikschlauch verschwand, sich neben dem Bett durch die Luft ringelnd. Er versuchte so zu tun, als sei alles wie immer, bei einer unserer zwei- oder dreimaligen Begegnungen im Jahr, seinem letzten Geburtstag im zurückliegenden Sommer, als ich einen Tag vor dem Fest gekommen war, um mit ihm allein abends essen zu gehen im Restaurant eines Freundes, den er seit ihrer gemeinsamen Schulzeit kannte, einem freundlichen älteren Herrn, der sich in einem Atemzug nach meinem Fortkommen erkundigte und uns zur Vorspeise gedünstete Muscheln auf einem Gemüsebett empfahl (in rheinischem Tonfall: allah dschülliänn), einem ganz leichten, quasi diätkompatiblen Gericht, das sein Sohn (Wilfried!?) aus Quebec mitgebracht habe. Ich zündete mir eine Zigarette an und blies den Rauch ins Freie, halb auf der Fensterbank sitzend, wobei ich – wie seit meinem Eintritt ins Zimmer – vermied, ihn anzusehen, das heißt, jeden Blick unterließ, der ihm das Gefühl vermitteln würde, als wirklich Kranker oder, wie ich heute weiß, als Moribunder betrachtet zu werden, einen jener bösartigen Witze erzählend, die er über alles schätzte, ich glaube, die Sache von dem irren Mann, der eines Morgens vorm Spiegel steht und sagt: kenn ich nicht, wasch ich nicht. Sein Lachen war so gezwungen wie die gelassene Miene, die ich mir im Taxi vom Bahnhof zum Hospital aufgesetzt hatte, seine Telefonstimme im Ohr, dass er sich zur Beobachtung ein paar Tage in stationäre Behandlung begeben müsse, man aber praktisch keinen Grund zu echter Besorgnis habe. Was man nicht hören will, was einen aus den Schuhen hauen würde. Später sprachen wir über die noch nicht erfolgte Diagnose der Ärzte, dass sie bisher noch nicht in der Lage gewesen seien, den Ort seiner Probleme zu lokalisieren, irgendwo im Bauchraum, Leber oder Galle oder Magen, vielleicht am nächsten Tag, ihn durch eine Röhre schiebend, die von einem rasenden Gewitter elektromagnetischer Teilchen innerviert wird. Ich schnippte die Zigarette nach draußen und versprach ihm zu bleiben, sagte, ich bliebe, bis wir wüssten, was los sei, die nächsten Schritte, mir das Wort »Heilung« verkneifend. Die Nachbarin habe einen Schlüssel zur Wohnung, den könne ich mir bei ihr holen (er grinste endlich: die dicke Schiemann, die mittlerweile die Treppen rückwärts heruntergingе), im Kühlschrank wäre Milch, in der Vitrine des Wohnzimmerschranks eine Karaffe Cognac, donnerstags um elf liefe die Reinemachefrau ein, die zu beaufsichtigen sei, nach der musst du gucken, meinte er, dass die nicht dauernd Pause macht oder einem den Hals voll redet, die quatscht ohne Ende, das sprudele aus ihr hoch wie aus einer Art Geysir, da kriegst du Verständnis für jemanden, der gewalttätig wird*

die Unglücksstelle von schräg oben, aus einem Hubschrauber gefilmt, der in der Luft zwischen den Häusern zu stehen scheint, leicht zittrig sieht man die von einem Stahlkäfig umschlossene Plattform des Aufzugs verkantet in ihren Laufschienen hängen, deren eine geborsten ist und nach außen ragt wie der abgesplitterte Teil eines länglichen Knochens, darüber ein Rettungstrupp, der Seile herunterlässt – soweit man es am Bildschirm, aus dieser Perspektive erkennen kann: mit verwischenden Umrissen wie bei den animierten Figuren eines Computerspiels –, da wird wohl ein Verletzter geborgen, mittels einer pendelnden Trage hochgehievt ins Sichere, wenigstens hundert Meter über der Straße. Als gelte es, einen optischen Beweis für den Wagemut dieser Einheit anzutreten, kippt das Objektiv der Kamera in die Tiefe, sich mit einemmal um fast neunzig Grad drehend, was selbst auf dem Monitor den Eindruck hervorruft, längs der Einrüstung des Gebäudes ins Bodenlose zu stürzen, so dass man unwillkürlich Halt an der Bar sucht – wie bei einer die Schwerkraft für Momente ausschaltenden Achterbahnfahrt –, winzig klein unten die Wagen der Feuerwehr, der Polizei, mit punktförmig blitzenden Lichtern. Kein Job für jemanden, der nicht schwindelfrei ist, dem schon auf einer normalen Leiter die Sinne schwinden, blickt er von einer der Sprossen ins Zimmer zurück (das berühmte Foto von indianischen Arbeitern, die in luftiger Höhe, in Wolkendunst, auf einem Stahlträger sitzen, als seien sie Zirkusartisten, die letzten Stockwerke des Empire State Buildings errichtend), zum Beispiel bei dem Versuch, eine doofe Glühbirne zu wechseln,

links jetzt Baseball, eine so schwer begreifliche wie langwierige Angelegenheit, die irgendwie nur aus Pausen zwischen gelegentlichen Würfen und Schlägen besteht, von muskulösen Männern betrieben, die vor Kraft kaum laufen können (das ausgerechnet interessiert sie, die Frau ein paar Plätze weiter, hat ihren Blick plötzlich ans Fernsehgerät geheftet, als liefe da ein spannender Film, genau wie der Kellner in seiner weinroten Weste, einen der Zapfhähne umklammernd, die andere Hand in die Hüfte gestützt in Erwartung des folgenden Innings, zu dem sich nun einer der angreifenden Spieler aufpumpt, das harte Bällchen in seiner Pratze verbergend, indes der Fänger in die Knie geht, wippt, den Lederhandschuh nervös auf- und zuklappt),

Gabel und Messer braucht man, um alles zusammenzuschieben, den Rest des klein gehackten Thunfischs, einzelne Toastbrocken, Anchovis und Kapern, denn das war gut, war ein gutes Essen zu einem anständigen Preis, der auch mit den beiden Flaschen Bier unter der Grenze von zwölf Dollar bleibt, Tip gesondert berechnet *zu erben gab es buchstäblich nichts, abgesehen von dem einen Sparbuch mit zwölftausend Mark drauf* in der Hosentasche stecken eingerollt verschiedene, nach ihrem Wert sortierte Scheine, grün mit Präsidentenporträts, George Washington, Thomas Jefferson und Abraham Lincoln: summa summarum, ohne Münzen, vierundachtzig Tacken. Viel ist auch nicht mehr auf dem Konto, und auf dem von Sarah sowieso nicht; was sie im Meow Mix verdient, verschwindet umgehend in unserem alltäglichen Leben, frisst der Koreaner am Eck, der in seinem Together Market wie ein alter Straßenbahnschaffner etwas erhöht hinter der ziependen Registrierkasse sitzt, die umbaut ist von selbst gezimmerten Stellagen mit Zigaretten und Süßigkeiten, no credit cards: steht groß gedruckt auf einem Zettel in Augenhöhe, darunter handschriftlich: we do no cash wellfare checks, an der Decke über jedem der engen Gänge zwischen den Regalen ein runder gewölbter Spiegel, in dem sich vom Platz neben der Eingangstüre aus sämtliche Bewegungen der Kunden verfolgen lassen, ihre Handgriffe nach den Waren, bis auf – hatten Lori und John eines Tages entdeckt – diese Winkel vor den verglasten Tiefkühlschränken hinten an der Rückwand, was sozusagen eine Einladung war, die Sarah dankend annahm, das Zeug (Pizzas, Eiscremebecher, Gänsekeulen) in den weiten Innentaschen ihres Spezialmantels bunkernd. Als wenn das eine Lösung wäre, mit der man auf Dauer sein Leben bestreiten könnte, die Monate und Jahre der Bücher, die man schreibt, der Performances und Stücke, in denen man spielt, Mittel auftreibend für Bühnenbild und Kostüme, Text und Regie, dabei unablässig seine Agentin belagernd, ob sie jetzt was ans Ufer gezogen hätte, zehn Sekunden in einer Sitcom an der Seite von Helen Hunt, gar nicht richtig aus der Studiokulisse herausgekommen, ein witziger Spruch – und Klappe *der durchdringende, halb faulige Geruch der Blumen in der Aussegnungshalle, oder wie sie das nennen, ein sich zum Krematorium beidseitig öffnendes Tor, in das der Sarg hineinfährt* du warst gut, sagte anschließend der fast gleichaltrige Fernsehstar zu Sarah, ich guck mal, was ich für dich tun kann. Woran man seine Hoffnung klammert, wofür man alles in Kauf nimmt, denn im Prinzip handelt es sich ja nur darum, über eine Durststrecke hinauszukommen, einige Wochen oder Monate zu überbrücken und ein bisschen von dem Geld beiseite zu schaffen, das man sich irgendwie besorgt hat

the check please

bis es einmal nicht mehr weitergeht und man sich nach dem erstbesten Angebot umzuschauen beginnt, verzweifelt, im Herzen von einer merkwürdigen Gefühllosigkeit imprägniert, was hast du mir anzubieten?, ich muss auf niemanden mehr Rücksicht nehmen, Vater-Mutter-Kind, lass uns vernünftige Bedingungen festlegen und das Risiko der Geschichte rational kalkulieren

heute Abend bin ich im Kino, sagte Nils, noch immer dasselbe (ein knisterndes Geräusch in der Leitung, als würde er schon abgehört), komm mal gegen zehn und dann das übliche, bei Wolfi melden und so weiter, du kennst dich aus; ich kannte mich aus, die vom Hermannplatz ansteigende Straße ein paar hundert Meter hochgehen, vorbei an Geschäften für gebrauchte Möbel, einer Änderungsschneiderei und einem Büro der Istanbul-Airlines, bis man in den Schein des Neonlichts trat, das aus den Schaukästen an der Hauswand und der Buchstabentafel über dem Eingang auf den verlassenen Bürgersteig fiel, vorm Tresen in dem schwarz-weiß gefliesten Foyer eine kleine Schlange kartenkaufender Besucher, grell erleuchtet die Popcornmaschine, ein gläserner, mittels einer dünnen Metallplatte in zwei Körnergruben (süß oder salzig) geteilter Kubus, auf dem Pappbecher verschiedener Größe gestapelt sind, links welche, die das Ausmaß von Wassereimern haben. Selbst wenn man die Schwingtür nur einen Spaltbreit öffnete, zog einem schon der zuckrig-verbrannte Geruch in die Nase, der den wohnzimmergroßen Raum bis in seine hinterste Ecke auskleidete, durchsetzt von Zigarettenrauch und Schwaden frisch aufgebrühten Kaffees, während aus dem Gang, der neben der Kasse zum

Saal führte, Musik hallte, dann blechern eine seit Ewigkeiten vertraute Stimme, als sei sie untrennbar verbunden mit der Vorfreude auf den Film: Come to Marlboro Country, der Erwartung, dass es endlich ganz dunkel wird und die Fanfare des Verleihs ertönt, zum Bild eines sternenbekränzten Schneegipfels oder eines farbig blinkenden Schriftzugs.

Wolf, dem nichts in seinem angestammten Bezirk zu entgehen schien, hob spöttisch die Augenbrauen, als er mich hereinkommen sah, ungerührt in seiner Arbeit fortfahrend, dem Verkauf von Tickets und Proviant fürs Spätprogramm, so griff er, ohne jede Bewegung seines Oberkörpers, in eine seitlich vom Kassencomputer errichtete Auslage, um die Wünsche des nächsten Gastes zu erfüllen, Haribo-Konfekt (konnte ich erkennen) und Toblerone. Mich neben ein A-Null-Plakat stellend, das Valeria Bruni Tedesci ankündigte, wartete ich, bis alle Kunden versorgt waren und niemand sonst mehr im Foyer des Kinos herumlungerte.

– Den Film gucken willst du aber nicht?

– Wäre vielleicht mal was anderes.

– Dann würde ich mich beeilen, der fängt nämlich jetzt an.

– Ist Nils da?

– Das weißt du doch, sagte Wolf, der wie immer ein kariertes Flanellhemd und verwaschene, über den Oberschenkeln fadenscheinig gewordene Levi's-Jeans trug. Auf dem glänzend polierten Koppelschloss des schweren Ledergürtels aus Bundeswehr-Beständen zeichnete sich das Relief eines Adlers ab, der untere Knopf seines Hosenschlitzes stand sichtbar, das heißt unmissverständlich offen; in welchem Umfang er an den Geschäften beteiligt war, was Nils ihm fürs Alibi zahlte, wusste ich nicht,

herausreden vor Gericht hätte er sich aber nicht können, zu flagrant war ihre Zusammenarbeit: eine vom Tresen zu schaltende Signallampe im Vorführraum, die Liste der Decknamen, das Versteck hinter den Metallschränken der neuen Klimaanlage in einer Nische des Heizungskellers.

– Du kannst hochgehen.

– Kein Telefon?

– Telefoniere ich?

– Das sieht eigentlich nicht so aus.

– Na eben, sagte er, den Weg findest du sicher allein.

Der Gang zum Saal hatte eine rhombenförmige Wandbespannung, die zwischen den Befestigungspunkten der gezwirbelten Schnüre wie aufgeplustert wirkte, wie eine schräge Folge von Luftkissen, die aus weinroter Fallschirmseide genäht waren, fleckig an manchen Stellen und eingerissen, so dass man das wattige Innere ihrer Polsterung sah, irgendwelche Dämmstoffe aus den fünfziger oder den dreißiger Jahren. Vor den Toiletten befand sich rechts eine stählerne Doppeltüre, über der ein grün-weißes Schild mit einem rennenden Männchen und dem Wort Exit leuchtete, ein durch Umlegen eines Hebels leicht zu öffnender Fluchtweg in den Hof, der sich hier schachtartig zwischen den Gebäudeflügeln erhob, man hörte die Laute von Fernsehapparaten sich vermischen mit den manchmal von außen eindringenden Tönen des nächtlichen Verkehrs, ab und zu Stimmen, deren Klang dem Hohlkörper des Kinos verzerrt entwich. Linkerhand war die Treppe in den Vorführraum, in einem separaten Aufgang, der zu dieser Kammer über dem Saal hochführte, merkwürdigerweise unverschlossen, als rechnete Nils heute nicht mehr mit unangemeldetem Besuch, oder hätte nichts zu verbergen, man würde kein Gramm bei ihm finden. Mit jedem Schritt nach oben verstärkte sich ein Surren und Rattern, dessen Ursprung jenseits eines Türrahmens am Ende der Treppe lag, aus dem helleres Licht ein paar Stufen weit herunterfiel in den trüben Schein zweier umgitterter Birnen, die das Notstromaggregat auf Sparflamme am Brennen hielt, alte, vor Urzeiten an die Wände gepinnte Filmplakate dämmrig beleuchtend, Das Wirtshaus im Spessart, Heimatmelodie und 2001: Odyssee im Weltraum, einzig noch für Sammler von messbarem Wert. Auf dem Absatz stand ein hölzerner Spulenschrank, dessen längliche Schiebefächer mit selbstklebenden Etiketten versehen waren, die handschriftlich die in ihnen verwahrten Rollen bezeichneten, ihre Formate und Tonqualitäten, bei der Werbung zusätzlich eine Liste der hinten angestückelten Trailer – demnächst im Programm. Man spürte deutlich, wie der Boden vibrierte, in Schwingung versetzt durchs schwere Getriebe der laufenden Maschine und die Lüftungsventilatoren, die dem Xenonkolben des Projektors durch ein System geriffelter silbriger Röhren möglichst viel Hitze entzogen, dazu das Geräusch der in die Löcher des Zelluloidstreifens schnappenden Zahnradtrommeln, des rasend vorwärts ruckenden Malteserkreuzes (ein Rätsel, wie man das stundenlang aushalten kann, ohne Kopfhörer oder Ohropax zu tragen; damit man registriert, wenn etwas nicht mehr stimmt, beantwortete Nils einmal meine Frage, das Quietschen einer sich langsam festfressenden Achse).

Ungetüme, dachte ich, in den Türrahmen tretend, mit ihren großen gewölbten Bäuchen, die nebeneinander auf gusseisernen

Sockeln ruhen, wie ein Paar merkwürdiger Tiere im Naturkundemuseum, deren eines auf Knopfdruck plötzlich lebendig geworden ist, gefräßig ein Filmband verschlingend, das sich ohne Unterlass von einer oberen Spule herab in sein Maul wickelt, in einem Schlitz zwischen Objektiv und Maske verschwindet, um dort seiner Beschichtung beraubt zu werden, vierundzwanzigmal pro Sekunde. Stickig war es in dem engen, sich tief nach hinten erstreckenden Raum, und ein Ozongeruch hing in der Luft, der etwas zu tun hatte mit der Wärmeentwicklung des Edelgases im jeweils entflammten Lampengehäuse, dem mächtigen Leib der ersten, mir zugewandten Maschine, auf ihrer flachen Rückseite zwei runde, Tachometern ähnliche Anzeigen für Volt und Ampere. Über die rot und grün blinkenden Verstärkertürme an der anderen Längswand tanzten Lichtflecken, und wenn man genauer hinsah, erkannte man in ihnen ein durch Vorsprünge und Ecken gebrochenes Bild, das von der Scheibe des kleinen, sich zum Saal öffnenden Fensters reflektiert wurde, ein stumpfer Widerschein dessen, was gerade unten auf der Leinwand geschah, im Dunkeln, im Traum, in seiner ganzen Bedeutung. Kaum zu vernehmen, drang aus einem Kontrolllautsprecher unter der Decke der zu den Gesten und Bewegungen gehörende Ton, ein Faden Musik, dem professionellen Unbewussten des Vorführers signalisierend, dass alles noch seinen Gang geht, die Ströme der Illusion störungsfrei fließen. Wofür man bezahlt hat. Mich zwischen den Gerätschaften durchschlängelnd, kam ich zu Nils, der am Umrolltisch stand und beobachtete, wie ein Filmakt von seinem Plastikkern sirrend auf eine Rolle mit drahtartigen Speichen lief, über der er seine rechte Hand hielt, um sie zu bremsen, wenn einer der wei-

ßen Klebestreifen sichtbar würde, die den Anfang oder das Ende markieren

und zwei gefaltete Scheine als Trinkgeld in die Untertasse zurückgelegt, die der Barmann mit einem väterlichen, so wirkt es, Nicken an sich nimmt, mit seinem Daumen die Noten festhaltend, von denen er lebt wie alle in den Coffeeshops und Restaurants, während die Stundenlöhne lächerlich niedrig sind – außer man arbeitet in einem Laden wie dem Mix oder dem ABC No Rio, deren Kollektive sich selber bezahlen und auch die Aushilfen während des Wochenendes korrekt am Umsatz beteiligen, oder an jenen Abenden, wenn Veranstaltungen stattfinden, jemand sich auf der kleinen Bühne, die eigentlich nur eine Stufe im Raum ist, mehr oder weniger gut produziert (Sarah, die es als Schauspielerin kann, liest Gedichte von Anne Sexton), man folglich ungefähr weiß, mit wieviel Geld in der Tasche man später nach Hause geht.

Die Frau mit den hochgesteckten Haaren ein paar Plätze weiter bekommt ein neues, bis zum Rand gefülltes Glas serviert, in dem die grüne Flüssigkeit, dieser Likör, in einer Säule von gestoßenem Eis zu gelieren scheint, auf den beiden Monitoren jetzt stumm vor sich hin sprechende Köpfe, die naturgemäß niemandes Aufmerksamkeit erregen *thank you: good bye: you are welcome;* eine Männerrunde in einer der Sitzecken, die man auf dem Weg zur Türe passiert, bricht in schallendes Gelächter aus, in jener Feierabendstimmung gelöster Krawattenknoten, die durch Bourbon Soda und Wodka on the rocks befeuert wird, alles andere, was zu hören wäre, einen Moment lang übertönend, den dann wieder an die Oberfläche der Bar tauchenden Streichersound einer vergangenen, von Perry Como oder Petula Clark populär gemachten Schlagermelodie, die man noch zwei, drei Schritte nach sich zieht auf die Straße, wo sie im Rauschen der Stadt versinkt.

Ist es auch fast so heiß wie am Nachmittag und weiter ganz windstill, hat das Zwielicht der Dämmerung Midtown inzwischen verwandelt, als beträte man eine neue, mit glitzernden Farben nun belebte Kulisse, die sich vor die Massive aus Stein und Beton geschoben hat, ihrer teilnahmslosen Monumentalität eine andere Sprache aus Leuchtschriften und Neonzeichen vorsetzend, Symbolen, die man entziffern kann, ein menschliches, die Distanzen spürbar verringerndes System. Lesend bewegt man sich an den Häusern entlang, unter den Reklamen von Pizzabuden und Juweliergeschäften, die einen einbinden in die Welt, in diese seltsamen Verfahren zu existieren. Noch immer ist die Straße gesperrt, kein Wagen kommt einem entgegen, was manche dazu verleitet, mitten auf der Fahrbahn zu gehen; ein wenig verloren fühlt man sich dort und als Herrscher zugleich, wie ein Überlebender in einem Sciencefiction-Film, der nach einer die Dinge nicht berührenden Katastrophe spielt, als sei es allein die Abwesenheit des sonst hier rollenden Verkehrs, die diesen Eindruck erzeugt, von Leere, vielleicht, weil das künstliche Raster der Stadt einzig auf gleichförmig fließende Bewegungen und nicht auf ungehindert im Raum zwischen den hohen Gebäuden flanierende Menschen zugeschnitten ist, deren Blicke plötzlich von jedem Punkt aus frei in alle Richtungen schweifen können.

Grün und Blau und Rot sind meist die Farben der über den Schaufenstern und an den Fassaden hängenden Schilder und Buchstaben, oft noch die Brüstungen des zweiten Stockwerks einnehmend, wo sie Namen und Gewerbe nennen, Sonderangebote verheißen, den Kunden zum Eintritt überreden wollen. Als ob man wirklich eine Wahl hätte, umschmeichelt von so viel Schrift in so vielen Variationen, kleine neben großen Lettern, verschnörkelte neben blockartigen, vertraute und fremde, selbst einige Worte in Sanskrit und Kyrillisch schimmern bunt auf die Straße hinunter. Dazu stilisierte Bilder der Waren, die es in einem Geschäft zu kaufen gibt, wie in einem Comic manchmal mit Ausrufezeichen oder einem Schallsignal versehen, sich konzentrisch ausstreuenden Wellensegmenten – was jeder, woher er auch stammen mag, sehr einfach und direkt versteht. Kameras und Computer, Perlenketten und Pasta al forno bieten sich an, betteln um Aufmerksamkeit, als seien es Lebewesen, herrenlose Hunde hinter den Gitterstäben eines Tierheims, die ein neues Zuhause suchen *kaum zu erkennen bei der Geschwindigkeit des Umrollers diese weißen Markierungen am Rand des Films zwischen den einzelnen Akten, Ende oder Anfang, Foot oder Head, die auf Kante aneinander zu kleben sind, um Unterbrechungen zu vermeiden, halbierte Bilder oder Sprünge im Ton, so sie als Kunstmittel während der Projektion nicht erwünscht sind, Split screens und dergleichen, ein vorbeifliegender weißer Fleck und Nils' Handfläche senkte sich auf die glatte Umrandung der Spule, bremste sie ab, indes er darauf achtete, dass seine Finger nicht in die Speichen gerieten; als habe er mich schon beim Reinkommen zwischen den Maschinen gesehen, oder als erwarte er niemanden sonst mehr, begrüßte er mich, ohne seinen Kopf zu heben, mit meinem Namen, ich würde sein letzter Gast heute sein*

Blendwerk geliebtes, das gar nicht cheesy und überladen genug sein kann, wie in Chinatown, wie auf einem der Kirmesplätze der Kindheit, hatte der Vater sich einmal als gnädig erwiesen und einem gemeinsamen abendlichen Besuch doch noch zugestimmt, von weitem schon zu sehen der milchig weiße Schein am Nachthimmel über den Karussells und Festzelten, Raupe, Hully Gully und Schießstand, eine Girlande kolorierter Glühbirnen umrahmte das Ausschankfenster des Getränkewagens, wo man Pause machte für ein Bier und eine Limonade (nie eine Cola), geheimnisvoll und gefährlich die wie Sternschnuppen aufsprühenden und verlöschenden Funken am Ende der dünnen biegsamen Stangen, die unter der Decke des Autoskooters an einem stromführenden Drahtgeflecht entlangkratzten (Autoselbstfahrer Bruno Tusch). Riesige Monsterköpfe mit rotglühenden Augenhöhlen wuchsen auf der Balkonplatte über dem Eingang zur Geisterbahn empor, grünlich phosphoreszierende Gerippe innendrin, die aus Särgen hochklapperten, und wabernde Spinnennetze in plötzlich aufblitzendem Gegenlicht, die haarigen Tentakel giftzahnbewehrter Kraken. Dann auf die Schiffschaukel bis an die Grenze, bis kurz vorm nie erreichten oder blockierten Überschlag, so dass einen Schwindel befiel, der auch mit festem Boden unter den Füßen noch anhielt, sich drehende Welt, Taumel von scheppernder Musik, verwischenden Lichtern, dem Geruch nach Zuckerwatte und türkischem Honig. Was lange nicht nachließ, sich fortsetzte auf einem Nachhauseweg vollen Glücks, ins Bett bis in die Träume hinein. Demgegenüber verblasste der Rest der folgenden Tage, wurde schal und ermüdend wie die trockene Luft des Klassenzimmers, das Distributivgesetz, die indirekte Rede, als gäbe es zwei Sorten von Leben, von denen die eine entschieden der anderen vorzuziehen sei, der Monotonie der Schularbeiten unter großmütterlicher Aufsicht, der von ihm großzügig gestatteten Stunde vor dem Fernseher, den Spielen mit Carrerabahn und im Hockeyverein. Jahre bevor man die ganze Bedeutung des Wortes durchschaute, wusste man schon, was es heißt: eigentlich, ohne dass jemand es hätte einem erklären müssen, mit dem Bild eines Schleiers etwa, hinter dem sich aus bestimmten Gründen ein zu verlockendes Antlitz verbirgt oder eine grauenhafte Fratze, beides aber immer die Wahrheit, die echte Wirklichkeit von Lust und Angst, von Erschrecken und Rausch.

Die Tage im Dunst der sommerlichen Straßen verdämmernd, matt und staubbedeckt, treten sie erst bei Einbruch der Nacht wieder aus ihrem Schattendasein hervor, um ihre Botschaften zu verkünden: try, und: wholesale price, scheckig die Gehwege illuminierend, blendend fast, wenn man seinen Kopf ihnen entgegenhebt, dem Einfallsreichtum ihrer Formen und Embleme, deren Umrisse sich vorm nun schwarz-grauen Hintergrund der Häuser gleißend abzeichnen, während am dunkel gewordenen Himmel noch dunklere Spuren von Ultramarin zerfließen, wie Tropfen Tinte in einem Gefäß mit brackigem Wasser; unnütz zu hoffen, es käme ausgerechnet heute ein Gewitter, es hat schon seit Wochen nicht mehr geregnet *in den ersten Tagen sind wir noch zusammen auf dem Klinikgelände spazieren gegangen, er hatte sich angezogen und bei mir untergehakt, stets darauf bedacht, mir seine Schwäche nicht zu zeigen, sie mich nicht spüren zu lassen durch einen zu festen Griff in meine Armbeuge, Vorwände produzierend, um einen Augenblick stehen bleiben zu können, die Fülle eines Blumenbeets bewundernd oder irgendwelche Schlagzeilen am Kiosk lesend, mich in ein Gespräch verwickelnd, das ich dankbar aufnahm, tat so, als würde ich nichts merken. Und ich glaube, er wusste das* es würde aller Erfahrung nach auch nicht richtig regnen bis in den September hinein, kein in dicken Schrägstrichen herunterprasselnder Guss *in seinem weißen Raum aus Stille, in dem er praktisch stündlich unnahbarer wurde, sich zurückverwandelnd von einem realen Körper in das kleine Porträtfoto eines ungültig gestempelten Ausweises* der befreiend gewesen wäre für alle Bewohner der Stadt, von den Wohnblocks am Harlem River über Brooklyn und Queens bis zu den Mietskasernen des East Broadway, den benachbarten Geldbunkern um Wallstreet herum, dem zertrampelten Rasen im Battery Park.

An der nächsten Ecke ein Rautenmuster breiter weißer Linien, das die Fläche zwischen den Straßeneinmündungen überzieht; als handele es sich um ein großes Spielbrett für menschliche Figuren, die ordnungsgemäß die Regeln befolgen – bei Walk gehen und bei Stop am Rand des Bordsteins verharren –, anstatt wie jetzt nach Gusto kreuz und quer die Seiten zu wechseln, ohne Taxis, Lieferwagen, Busse, blindwütig rasende und fluchende Fahrradkuriere von jeder Verpflichtung entbunden, sich durch gewissenhafte Blicke nach links und rechts zu versichern, trotz grüner Ampel nicht über den Haufen gefahren zu werden. Einige der Leute tragen Decken mit sich, Picknickkörbe, Kühltaschen und zusammengeklappte Campingstühle, nach Norden abbiegend, Richtung Bibliothek (warum sind sie mit der U-Bahn nicht weitergefahren bis zu einer der näher gelegenen Stationen an der zweiundvierzigsten Straße, sondern fraglos ausgestiegen am Marbrigde Building, und warum gehen sie nicht die Avenue of the Americas hoch, sondern schlagen einen mehrere Blocks umfassenden Bogen, um zum Open-Air-Kino zu kommen?, wo ist denn der Unfall, den es im TV zu sehen gab, passiert?, schließlich wird man ja wohl kaum den Untergrund deswegen gesperrt und die Fahrgäste aus den südlichen Stadtteilen per Lautsprecherdurchsage aus den Waggons herausgeschleust haben, eine dichte, sich zwischen einer schier endlosen Reihe von gusseisernen Stützen auf den Bahnsteig ergießende Menge, widerhallend ihre Schritte und Stimmen in den gekachelten Gängen, die zu den Treppen nach oben führen), noch ungefähr fünfhundert Meter zu laufen. Ein beständiges gleich klingendes Gemurmel liegt in der Luft, als hätten alle nur ein Thema, verbunden durch die Vorfreude auf das am Ende des Weges sich ihnen bietende Spektakel, ähnlich dieser wispernden Wolke aus halblaut geführten Gesprächen in einem Theaterfoyer, im schon voll besetzten Saal bis zum Beginn der Vorstellung (man hört's genau hinter der Bühne, sagte Sarah einmal bei einem Abendessen mit John und Lori, ein über den Köpfen des Publikums kreisender Hornissenschwarm, den man als beängstigend empfinde, wenn man sich seiner Sache nicht mehr ganz sicher sei, während der letzten entscheidenden Proben eines neuen Projekts sich wieder Zweifel an der eigenen Arbeit eingeschlichen hätten, gegen die man dann anspielen müsse, sich nach außen hin taub stellend; folgte ein Disput der drei über die beste Methode, mit jener Indifferenz oder Gegnerschaft der Zuschauer, die manchmal in offene Feindseligkeit umschlage, fertig zu werden, ich zieh das Ding, sagte John, der ein paar Jahre bei der Wooster Group gewesen war, immer gnadenlos durch, was anderes ist gar nicht möglich, ich meine, wovon reden wir?, ich bin doch kein Verkäufer im Wal-Mart, der sich mit ’nem Mikro ummen Hals an die Kundschaft ranschmeißt, eh Kumpel, billiger als hier kriegstes nirgendwo, ich meine, wir reden von Theater, oder: nenn es, wie du willst, und nicht irgendwie von Gleitcreme im familienfreundlichen Doppelpack), erwartungsfrohes Gemurmel, denn fast jeder kennt wahrscheinlich den Film, der heute gezeigt wird, aus seiner Kindheit, egal, ob man sie auf einem Bauernhof in Iowa oder in einer westeuropäischen Etagenwohnung vor dem Fernsehgerät erlitten hat (unter der Woche Familienserien im Regionalprogramm, sonntagsnachmittags Errol Flynn als Freibeuter der Meere), eine Frau löst sich aus einer zur Public Library strebenden Gruppe und eilt rüber zu einem Hot Dog-Verkäufer am Straßenrand, um Getränke aus seiner Kühlbox zu holen *und? sagte Nils, was gibt es Neues?, lange nicht gesehen* einige Bier- und Pepsidosen, die sie sich in eine Plastiktüte stecken lässt.

Hot dog hot sausage hot knish hot pretzel: steht seitlich an dem dreirädrigen Karren, über dem noch ein Sonnenschirm mit Heineken-Werbung aufgespannt ist, als diene er nicht allein zum Schutz vor der Hitze des Tages, sondern sei eher eine Art Dach, der feste Abschluss einer eigenen Welt aus Gerüchen und Geldwechseln, Besitztum und Arbeit. Ihr Herr, ein ziemlich fülliger Inder oder Pakistani, trägt ein geripptes Leibchen unter seinem offenen kurzärmligen Hemd: Ice cream cold soda, etwas mürrisch dreinschauend, obwohl er gute

Geschäfte gemacht haben muss, die beiden Vitrinen, in denen sonst die labbrigen Wurstbrötchen lagern, sind leer, zwei schwarze Müllsäcke neben ihm voll bis obenhin, zerrissene Getränkekartons und steif zerknüllte Verpackungsfolien. Ein Mineralwasser bitte. Büchse oder Flasche, sprudelnd oder nicht? *A can of mineral water,* kostet zwei Dollar, der kann sichs leisten hier um diese Uhrzeit, kein Supermarkt weit und breit und nirgends eine Konkurrenz zu entdecken die Straße hoch. Er zählt das Rückgeld vor und wischt sich mit dem Handrücken Schweiß von der Stirn, tief ein-, dann ausatmend, als sei es das unwiderruflich Letzte gewesen, was er heute tun würde, ein paar Münzen aus seinem Portemonnaie zu klauben *wie läuft die Wissenschaft? fragte Nils, geht so, sagte ich* indes die Scheine bereits an einem sicheren Ort verstaut sind, neugierigen oder habgierigen Blicken entzogen, wofür man sich ins Zeug gelegt hat von morgens bis abends

Sarah am Küchentisch sitzend mit einem Rollenbuch auf dem Schoß, in dem bestimmte Zeilen und Abschnitte farbig markiert worden sind, von ihr selbst mit Unterstreichungen und frei erfundenen Betonungszeichen versehen, einer doppelten Tilde zum Beispiel, die in einen nach oben gewandten Schrägstrich mündet, oder Silben verbindenden Haken, auf deren Spitze ein kleiner Kreis thront. Der Symbol für ein den Worten an dieser Stelle innewohnendes Gefühl ist, hatte sie gesagt, wie anderswo etwas, das einem griechischen Buchstaben ähnlich sieht, der halbierten Brezel eines Omegas. Über den Text gebeugt – ein nacktes Bein wippt nervös –, hängen ihre lockigen, maronenbraunen Haare vor ihrem Gesicht herab wie die Außenseite einer geschlossenen, mehr oder weniger pyramidalen Figur, als deren Grundfläche der Text zu betrachten wäre, ein dünnes Heft zusammengetackerter, mit Kuli und Leuchtstift bearbeiteter Seiten: zuletzt spielten sie in beinahe fünfzig Vorstellungen eine amerikanisierte Fassung von Werner Schwabs Präsidentinnen, die den meisten Zeitungen der Stadt eine Besprechung wert war, hingerissen der Kritiker des Observer. Kann man fotokopiert beilegen dem nächsten Antrag auf öffentliche Unterstützung, den Empfehlungsschreiben und Gutachten; dass es künstlerisch wertvoll sei, was The no means laboratory aufführe, die Tradition bereichere und zugleich mutig in die Zukunft weise, neuen Sichtweisen ein Forum bietend.

Verfilztes graues Licht dringt hinter Sarahs Rücken durch das Hoffenster in die Küche, sie hat die Tischlampe nicht eingeschaltet, als ließe es sich besser lernen so, würde der vom Vorhang ihrer Haare verschattete Computerausdruck seine Geheimnisse erst in einem obskuren Dunkel wirklich preisgeben. Es ist noch früh, kaum sieben Uhr vorbei, gegen elf wird sie sich mit den Kollegen zur Probe treffen, in einem Gemeindezentrum haben sie günstig einen Raum mieten können.

– Willst du Kaffee?

– Jetzt nicht.

– Etwas anderes?

– Auch nichts anderes, danke, mir geht's gut.

Zwei spärlich belaubte Bäume stehen vor dem das Grundstück Nummer vierhundertneunundzwanzig eingrenzenden Maschendrahtzaun, ein Grillplatz ist da und ein niedriger, mit Teerpappe gedeckter Schuppen, in dem die Hausbewohner Gerümpel aufbewahren, verschnürte Umzugskartons, Obstkisten, alte Koffer; nichts von Wert, nichts, was man im Fall eines Diebstahls schmerzlich vermissen würde (ein angeschimmelter Stapel der New York Review of Books). Unmittelbar rechts neben dem Küchenfenster eine rotbraune Backsteinwand, die zum Seitenflügel der Nummer vierhundertdreißig gehört, gleichbleibend duster wahrscheinlich auch bei klarem Wetter die Zimmer der unteren Stockwerke, stickige Luft, die von nachträglich auf die Simse montierten Klimaanlagen umgewälzt wird, vor allem nachts ein beständig durch den engen Hof eierndes Gluckern und Rauschen. Die meisten Vorhänge sind noch zugezogen, bis spät saßen welche draußen um einen Campingtisch, wie immer dabei die Hippies aus dem Parterregeschoss gegenüber (Lilien des Feldes, Vögel des Himmels). Manchmal sieht man sie nachmittags von Geschäft zu Geschäft schlendern, einen Mann und eine Frau jenseits der Fünfzig, die mit Glasperlen und farbigen Bordüren bestickte Joppen tragen, ausgefranste Jeans und jetzt im Sommer flache Sandalen, da einen Plausch haltend oder dort, als sei ihr Leben ein langer ruhiger Fluss, auf dem sie unbesorgt treiben, hätte ein anderes Zeitmaß, eine andere Struktur als das der Menschen um sie herum, schwerelos inmitten eines aufstrebenden Viertels von Erwartungen und Ambitionen, Dauertelefonaten und hypnotischen Tätowierungen. Abends kein Ende findend, die Bars und Cafés überfüllt, kommt es am nächsten Tag erst allmählich wieder auf die Beine, benommen noch und schlaftrunken wie einer, dessen Wecker zur Unzeit geklingelt hat, auf den Straßen zwischen acht und neun kaum jemand außer Berufstätigen, die in schnell verfliegenden Parfüm- und Rasierwasserwölkchen zu den Metrostationen laufen, ein Lieferant im Gespräch mit einem Ladenbesitzer: Sunny & Annie Grocery Deli & Flowers, vorm Eisenzaun des Tompkins Square Parks stehen ein paar zerzauste Obdachlose, als wüssten sie nicht wohin, sich auf einer der Bänke niederlassen, einem Stück Rasen, oder vielleicht doch besser weiterzuziehen an den East River und seine begrünte Uferböschung, die ein Autobahnviadukt von der Welt der Stadt separiert.

Schon sonnenbeschienen, werfen Feuerleitern sich überlagernde Schatten, ein Rippenmuster horizontaler und vertikaler Striche, die mal breiter, mal schmaler die Hauswände entlangwandern, in der Mittagshitze flimmernd wie in sachte Schwingungen versetzt, die Metallgitter der Sprossen und Austritte. Der Briefkasten von Apt. 7 war leer, weder Post für die Haupt- noch die Untermieter (c/o), deren Namen nirgends verzeichnet sein dürfen, man könnte es den Eigentümern stecken, einer in Staten Island residierenden Familie Feasley. Eine Frau mexikanischer oder indianischer Herkunft, die Gummistiefel anhat und Gummihandschuhe, spritzt mit einem Schlauch den Bürgersteig vor der Nummer vierhundertvierunddreißig, den Strahl drosselnd, wenn ein Passant vorbeigeht, mit einem weiten Schritt das abfließende Wasser, darin schwimmende Kippen und Papierschnipsel überquert *Nils war kräftig, habe ich in meiner Erinnerung bewahrt, sein Aussehen entsprach keineswegs dem jener Nachtschattengewächse, die sich für gewöhnlich in solchen Geschäften herumtreiben, es war nichts Bleiches an ihm oder Verhuschtes, auch machte er nicht den Eindruck, selbst sein bester Kunde zu sein, wie diese ewig schniefenden, einem flackernd über die Schulter blickenden Typen, die kaum einmal eine Sekunde stillsitzen können. Etwas größer als ich, mit glatten, in die Stirn gekämmten Haaren, die an der Seite knapp seine Ohren bedeckten, dem fliederfarbenen, ihm über die Hose hängenden Hemd, schien er einem Plattencover der sechziger Jahre entsprungen und in die Gegenwart montiert – in das Imperfekt der Erzählung, dessen man sich mangels anderer Möglichkeiten bedient –, auf eine ansteckende Art zuversichtlich, oder sogar optimistisch, man würde alles auf die Reihe kriegen, du musst nur ein bisschen Vertrauen haben* das ist immer die Entscheidung, wenn man morgens das Haus verlässt, um einen Kaffee zu trinken, die neunte nach rechts bis zum Veselka gehen oder links herunter zu dem Café an der Ecke Avenue A (den schönen Park vor

Augen), zwar ohne druckfrische Zeitungen, dafür aber ruhiger und oft als einziger und erster Gast, dem es mühelos gelingt, einen Fensterplatz zu ergattern, wo er seine Notizen in Ordnung bringt, ins Freie schaut, ein paar Worte mit der Kellnerin wechselt, einer ziemlich attraktiven Studentin der Psychologie *es handelte sich um ein Segelboot, das Nils sich kaufen wollte, um darauf in der Ägäis zu leben, Chartertouren anbietend, falls er Geld bräuchte, Heimathafen Paros. Er besaß schon alle Patente, die zu einer Existenz als Skipper notwendig waren, astronomisches Navigieren mit Hilfe der Sterne, und die Sonne täglich durch einen Sextanten beobachten, auf dessen Winkelskala die eigene Position ablesbar wird, irgendwie ein System von feinmechanisch zu drehenden Spiegeln. Zahlenkolonnen in nautischen Tafeln, Windverhältnisse* die zweimal in der Woche Frühschicht an der glänzenden Espressomaschine hat, Lydia, verlangte Kuchen und Brioches und anderes Gebäck aus der wuchtigen schrankhohen Glasvitrine holt, die neben der Theke steht, einem alten länglichen Esstisch mit gedrechselten Beinen, vor dem auf Bestellungen zu warten ist; ungestört kann man dann über seine Arbeit nachdenken, Papiere ausbreiten, Stammbäume studieren, deren Namen Kennziffern tragen, die zu Geschichten weiterleiten, verbürgten Ereignissen im Leben dieser Personen. Sich später im Werk eines Autors niederschlagend, im Gewebe seiner Prosa, Behauptung und Beweis *die aussetzenden, mit einem qualvollen, kehlig schnappenden Geräusch zurückkehrenden Atemzüge des Sterbenden*

Etwas hinschreiben, an den oberen Rand eines Blattes, etwas wegstreichen, die Gliederung des Textes ergänzen, Strichmännchen zeichnen, rauchen. Ein Blick ins Leporello des Taschenkalenders belehrt, dass der Zeitplan aus den Fugen ist, gestört das empfindliche Gleichgewicht zwischen monatlichem Einkommen, Aufenthaltsbewilligung und zu leistender, sich selbst verordneter Recherche, einem ermüdenden Stöbern in den auf Mikrofiches und CD-Roms gespeicherten Archiven, Taufregistern und Pfarreichroniken, von Tag zu Tag mehr zerfallend, sich praktisch diametral auseinander bewegend wie von einem sonderlichen Magnetpol dreifach abgestoßene Ladungen, Kontostand, Visum und Buchprojekt, Fußnoten und Nachweise. Besser, man lässt das Denken darüber bleiben, schlägt den Kalender zu und steckt ihn wieder in die Mappe, Lydia hält Gläser gegens Licht und wischt sie aus mit einem karierten Handtuch im Fall von Streifen, Trübheiten, die von der Spülmaschine verursacht worden sind, es läuft ein Paco, Küsschen links, Küsschen rechts, der für die Sandwichs und Rühreier und Waffeln zuständig ist, in einem Verschlag hinter dem Esstisch, er trägt Bäckerhosen und ein blütenweißes T-Shirt. Wie wäre es, heute nichts zu tun? Sich nicht weiter die Augen verderben an einem flimmernden Bildschirm, sondern stattdessen – als hätte man die Nachforschungen bereits für beendet erklärt, Punktum – durch die Stadt zu wandern, mit der U-Bahn irgendwohin zu fahren ins Blaue, Coney Island möglicherweise, der abgetakelte Vergnügungspark, zum zoologischen Garten in der Bronx, wo man noch nie war, oder einfach nur im Café zu sitzen, Maulaffen feilhaltend, wie man so sagt, und die Stunden vertrödeln bei ein paar eisgekühlten Bieren, die einen langsam dämmrig machen im Kopf, angenehm müde, sorgenfrei. Keinen Gedanken an nichts mehr verschwenden, bloß da sein und glücklich. Was man sich nicht erlaubt, sobald man wechselseitig Donatoren verpflichtet und Terminen unterworfen ist, getrieben auch von einem Ehrgeiz, der das Leben in eine Reihe Prüfungen verwandelt, Zwischenberichte und Abschlussgutachten (und außerdem natürlich objektive Bedingungen, die nicht ohne weiteres zu vergessen sind, oder einfach zu verdrängen, wenn man es mal ganz realistisch betrachtet). Noch einen Cappuccino?, ruft Lydia quer durch den Raum, keinen Cappuccino mehr, es wird Zeit, den Bus Richtung Bibliothek zu nehmen, um den reservierten Platz an einem der Lesegeräte sicher zu haben, lieber over- als underground die dreißig Blocks, so dass man während der Fahrt hinaussehen kann (wie sich in einer Geschichte von Denis Johnson für Fuckhead, den verrückten Erzähler, das Busfenster in einen leeren Rahmen verwandelt, in dem ständig neue Bilder auftauchen, eine zwischen seinen Lidschlägen ablaufende Diaschau), nicht nur vorbeiflitzende Mauern und Signallichter im Halbdunkel, hinter den unscharfen Spiegelungen der Waggonscheibe.

Zwei, drei andere Gäste sind mittlerweile eingetroffen und wollen frühstücken, vor jedem ein Brotkorb und Besteck auf dem Tisch, indes eine zarte, fast brüchige Frauenstimme zu singen beginnt, unverkennbar Kristin Hersh, die Lydias Favoritin am Morgen zu sein scheint, denn schon letztens hatte sie diese Platte gespielt: *it's not my fault, it's not my fault, it's not my fault you don't love me when I'm drunk* sie winkt mir zu, als ich gehe, die Spitze einer zerknitterten Geldnote unter den Boden der schweren Steinguttasse geklemmt. Etwas belebt *I'm wiped, I'm so tired* haben sich inzwischen die Straßen *carry me,* nach einer zu kurzen Nacht werden vor Geschäften jetzt wieder die Ständer mit Postkarten, billigen Sonnenbrillen und Körperschmuck aufgebaut, Regale voller CDs und Videokassetten, Wahrsager packen für Touristen ihre Tarotkarten aus, rauchend stehen die beiden Angestellten der Hier-werden-Schecks-eingelöst-Filiale auf den rissigen Zementplatten des Gehsteigs vor ihrem Ladenbüro am Astor Place; der russische Schuster einige Häuser weiter (beim Schnürsenkelkauf demonstriert man mit ausgestreckten Armen die gewünschte Länge der Bänder) näht Sohlen, der alteingesessene Friseur nebenan rasiert gerade einem zeitigen Kunden mit seiner durch die offene Tür surrenden Maschine die Nackenpartie (ein preiswerter Army-Schnitt ohne Waschen oder irgendwelche rituellen japanischen Massagen der Kopfhaut). Langsam kommt der Kreislauf des Viertels in Schwung, nimmt Geschwindigkeit auf für eine neue Umdrehung, ähnlich der des vergangenen Tages, aber doch auch verschieden, mit Abweichungen im Detail, deren man sich erst später bewusst wird, und was sie vielleicht bedeuten, Innenseite und Außenseite, Vorzeichen, die den Dingen und Bildern wie im Schulbuch abzulesen wären, wenn man ihre Sprache wahrhaftig beherrschte *Illusionen gibt man sich anfangs noch hin, ignoriert die Tatsachen oder interpretiert sie in verkürzender Weise: dass der Kranke durch diese Krise eben hindurchmüsse, um zu genesen, wie jedem Abschwung einer Schaukel physikalisch ein Aufschwung folgt, fast von alleine, sind die Polypen (sagten die Ärzte) an Leber und Bauchspeicheldrüse erstmal entfernt, kein so schwieriger Eingriff, den man nach gelungener Stabilisierung des Gesamtorganismus vorhabe – doch da stabilisiert sich nichts mehr, hätte man erkennen können, wenn man es nur gewollt hätte* bald werden die Straßen sich füllen, um Saint Marks Place herum, auf A und B dann das übliche, für einen Außenstehenden ziellose Gedränge während des Nachmittags, Trauben von Menschen schieben sich durch Allen-, Orchard- und Essexstreet, hin und her wogend wie unter dem Einfluss rasch wechselnder Gezeitenkräfte, Luftströmungen *the crowds upon the pavement* in der Nacht erst zerfallend in kleinere, von Bar zu Bar ziehende Gruppen. Die, laut Aussage Lynns, einer der Tresenfrauen im Meow Mix, am meisten nerven, kippen kurz vor Ladenschluss angesoffen rein und wollen Party machen, obwohl die Zapfhähne schon abgeschraubt sind, mit ihren New Jersey-Dollars wedelnd, als sei man irgendwo in der Dritten Welt.

Feierabend, freie Zeit jetzt. Den ganzen Tag gearbeitet, studiert, stundenlang geprobt, Maschinen bedient, in Maschinen gesessen, Verträge erfüllt. Paragrafen und Unterschriften, Stempel und Codewörter. Nach der Eingabe von Pins auf die Antwort der Automaten gewartet. Man ist durch Drehkreuze geschritten und hat das dünne Klicken eines Taxameters gehört, fahren Sie bitte etwas langsamer oder halten Sie sofort an, wenn Sie das nicht können. Streit und Versöhnung, Verhandlungen, Küsse auf Wangen und Mund. Sex. In der dreißigsten Etage eines Wolkenkratzers, in einer verworrenen Mischung aus Verzweiflung und Wut, ein Tritt bringt die weiß lackierte Pressspanwand der Clokabine zum Splittern. Warum tust du das, du Idiot? Du Idiot, du Idiot. Zwischen Tür und Angel ein Sandwich essen, einen Hamburger, Diätkost, Vitamintabletten, einer aus dem Büro geht ein Tablett Kaffee holen, Pappbecher, die mit Deckeln verschlossen sind. Der Lärm einer Baustelle, eines Presslufthammers, dringt schwach durch das Isolierglas der Fenster, quietschende Reifen, Sirenen. In Plastikhüllen stecken tabellarische Lebensläufe und Zeugnisse, Gehaltsvorstellungen, Versicherungspolicen und Geschäftsabschlüsse, zahlbar bei Lieferung der Ware. Über Formularen brüten, Papiere zerreißen, Rechnungen abheften: die Kosten fürs Bühnenbild wirken sich gesetzlich steuermindernd aus, so schließt die Produktion der Präsidentinnen mit einem kleinen Plus, das unter die Schauspieler verteilt wird. Einen DVD-

Player kann man sich davon kaufen, ein paar Sachen zum Anziehen, den Rest verfrisst man gemeinsam in einem noblen Restaurant. Die Agentin anrufen. Die Stiftung anrufen, die Universität. Jobangebote mustern und Wohnungsannoncen. Abermals telefonieren, jahraus und jahrein. Dann endlich ist Schluss mit allem, die Ablösung kommt, oder man verriegelt seinen Schreibtisch bis zum nächsten Morgen, macht den Computer aus. Übergibt die Kasse einer Kollegin, die rasch das Wechselgeld zählt und den Barbestand kontrolliert, Sonderausgaben, die heimlichen, in einer versteckten Kladde geführten Entleihungen der Angestellten, die als Luftsumme der Tagesabrechnung zugeschlagen werden müssen (was gut geht, solange keiner der Chefs des Hemden- und Hosenmarkts auf die Idee kommt, mal persönlich den im Tresor lagernden Vorrat an Münzrollen und kleinen Scheinen zu revidieren). Zusammenräumen und einpacken, der Bibliothekarin sagen, dass man das Lesegerät noch ein oder zwei Wochen länger braucht. Ihrem Blick ausweichen und die Frage vermeiden, ob sie Lust habe, sich den Film anzuschauen – falls sie nicht anderswie verabredet sei. Man könnte auch Fernsehen oder ins Theater gehen, etwas unternehmen, nachdem man im Adressbuch wen gefunden hat, der oder die am Abend frei ist, wenn man schon nicht zurückgreifen kann auf familiäre Bindungen, die Sicherheit, an der erwarteten Stelle das vertraute Gesicht zu treffen. In Umhängetaschen und Einkaufsnetzen sind Lebensmittel verstaut,

Flaschen, Knabberzeug, in Kunststoffschüsseln Nudelsalate und Frikadellen, einige tragen Klappstühle bei sich und Liegestühle, schieben Kinderwagen vom Marbrigde-Building aus nordwärts (die haben wirklich nicht nur die Straße für den Autoverkehr, sondern auch die U-Bahn gesperrt). Als sprächen sie in belanglosen Variationen über denselben Gegenstand, hängt eine Wolke ununterscheidbarer, sich zu einem nostalgischen Wispern vereinigender Stimmen in der Luft, begegnen würde heute ein jeder seiner eigenen Vergangenheit, vor der Glotze zusammensitzend im Kreis von Geschwistern und Spielkameraden (normalerweise werden beim Open-Air immer Standards gezeigt), ungestört von den Eltern, vertrottelten Erwachsenen mit ihren nervtötenden Kommentaren, Bescheidwissereien, Zweifeln an der Wahrscheinlichkeit des Geschehens (Hätten Sie Interesse? Ja, das ist ne gute Idee). In der Menge treibend wie ein Teilchen in einem Strom von Photonen, lässt man sich mitziehn die fünfte Avenue hoch bis zur vierzigsten Straße (in der Tasche die überteuerte Büchse Mineralwasser), wo alle abbiegen auf den Rasen hinter der Public Library, für sich und die Gruppe ein Plätzchen suchend, Freunde begrüßend, Decken ausbreitend: sofern möglich. Es wird gegessen, da und dort werden mitgebrachte Spezialitäten getauscht, Tabulé und Tsatsiki, in Weinblätter eingewickeltes Reisragout, kurz frittierte, teigumhüllte Gemüsestreifen. Die Segel der Leinwand hinten sind zu einer geschlossenen Fläche gedreht, kein Raum mehr zwischen den einzelnen Segmenten, es könnte die Vorstellung beginnen. Musik von Henri Mancini dröhnt aus den Lautsprechern unterhalb der Bühne, die Takte der Pink-Panther-Melodie, als gäbe es nichts Besseres zur Einstimmung eines Publikums. Am Rand des Kieswegs findet sich ein Stück Rasen, das von niemandem bisher besetzt wurde, man kann sich lang hinlegen mit seiner über der Ledermappe zusammengeknüllten Nylonjacke als Polster im Nacken *zurrte Nils den abgebremsten, nun zwischen den beiden Achsenarmen des Umrollers aufgespannten Film nach unten zur Tischplatte, um ihn an der weiß markierten Stelle auseinander zu schneiden, in der Schiene der schweren Handpresse fixiert, die seitlich ein klappbares Messer hatte, dessen Klinge mit einem raspelnden Geräusch das Zelluloidband durchtrennte. Da käme der nächste Akt dran, weitere zwanzig Minuten Handlung in der richtigen Reihenfolge und im richtigen Laufweg, die Bilder auf dem Kopf stehend, denn das Objektiv der Maschine verdrehte die Ebenen beim Projizieren in den Saal um hundertachtzig Grad, auch links und rechts; arbeitete man nicht gewissenhaft, würden plötzlich die Zacken der Tonspur vorne zu sehen sein, und zu hören wäre nur noch ein Brummen, als das die Photozelle falsche Informationen für sich interpretiert, mit ihrem scharfen Lichtstrahl Staubkörner und Risse abtastend statt jener ins Material gebrannten hellen Linien, die geometrisch genau Stimmen und Klänge bedeuten, Schreie und Flüstern. Hast du was zu trinken? fragte ich. Bier, antwortete Nils schulterzuckend, als müsse er sich entschuldigen, schau mal neben dem Werkzeugkasten, paar Dosen Beck's. Was ich wollte, schienen wir beide zu wissen, wie es zu erreichen sei, er allein, um kein Geschäft verlegen, das ihn näher ans Ziel brachte, Geständnisse überflüssig, keine Lappalien mehr und kein Zögern, wenn man irgendwo rausmöchte. Man hat nicht unbegrenzt Zeit, vermittelte er dem Besucher, und Geschichten zu bereuen bleiben einem sowieso Jahre genug.*

– Kennst du eigentlich Edoardo?

Ich schüttelte den Kopf, sagte laut nein, als Nils nicht reagierte, mit einem Stück Tesa jetzt zwei Filmenden zusammenklebend.

– Ist ein ganz interessanter Typ, Brigitte hat ihn rangeschleppt, erinnerst du dich noch an Brigitte?

– Die Lehrerin?

– Könnte man sagen.

Wir rissen jeder ein Bier auf, uns fast synchron vorbeugend, um aus der tropfenförmigen Öffnung hochquellenden Schaum aufzufangen. Sich mit dem Handrücken seinen Mund wischend, rülpste er leise und sah mich eindringlich an: als prüfe er mich, kam mir in den Sinn, der Gleichaltrige, Freund eines Freundes, den man inzwischen aus den Augen verloren hat (praktischer Arzt in Itzehoe, Rechtsanwalt in Leverkusen).

– Und weiter?

– Der ist nicht dumm, hat so verschiedene Ideen.

– Spanier?

– Aus Italien, Neapel, wenn du grundsätzlich verstehst, was ich meine.

– Nein.

– Aber du brauchst Geld?

– Ich brauche Geld, du brauchst Geld, jeder.

– Eben, sagte Nils. Deshalb muss man alles koordinieren. Gewissermaßen in ein System bringen und sich gegenseitig ergänzen.

– Folglich wären wir zu dritt.

Er nickte, den Elektromotor des Umrollers vorsichtig anfahrend, um die Koppelstelle nicht unnötig zu belasten. Zugkräfte gegen Adhäsionskräfte, Rissfestigkeit, zuvor hatte er mit einem Hebel an der Presse die Perforationslöcher neu ausgestanzt, durch den die Filmakte verbindenden Tesastreifen hindurch; da, wo später die Zähne der Walzen eingreifen würden, die Bilder von oben in einen dieser kolossalen Apparate hineinwickelnd.

– Kurz und gut, es gibt hier Möglichkeiten.

Da ich schwieg, fuhr er fort: mehr oder weniger risikolos, es handelt sich im Prinzip um eine Transportgeschichte.

Ich trank einen Schluck von dem warmen Bier.

– Die man aber auch erweitern könnte, wie schon gesagt, systematisieren. Das hängt vom Einsatz ab, und von der Distribution.

– Wie viel?

– Wie viel hast du?

– An wie viel denkst du?

– Na ja, der Rahmen der Sache ist natürlich der Markt …

– … dein Markt.

– Logisch, außerdem bin ich nicht die deutsche Bank, wir müssten zusammenlegen.

– Vielleicht hab ich nichts.

Nils sah mich lächelnd an, als hätte ich gelogen oder würde mit meinem Vermögen hinterm Berg halten.

– Addition und Multiplikation.

– Sechstausend.

– Plus zehn- oder fünfzehntausend von mir plus die Verbindungen von Edoardo sind locker das icksfache wert. Erst mal in dieser Größenordnung. Für dich wäre mindestens eine Verdreifachung drin, als Basis.

Netto, auf dem Sparbuch lag das, was von der Erbschaft geblieben war, seit Monaten nicht berührt, wie um eine letzte Verbindung aufrechtzuerhalten (die Wohnungseinrichtung verscherbelt, Bücher, Münzen, das Auto), weggesteckt ins Regal neben Reisepass und internationalen Führerschein, einem mittlerweile abgelaufenen grauen Lappen – nicht in der Hand gehabt seit dem Kauf des Kühlschranks und der Waschmaschine zu herabgesetzten Preisen, Lieferung durch Hertie frei Haus; als würde mir beständig einer seiner Sprüche im Ohr klingeln, seinem eigenen Kreditverhalten zum Trotz, von der Kassette mit doppeltem Boden und dem immer gefüllten Tank, hinfällige Lebensweisheiten aus der Nachkriegszeit, die wohl seine beste gewesen ist bis in die sechziger Jahre hinein (später auch nicht mehr geheiratet), zu kaum noch erinnerlichen Anlässen auf losen Fotografien in einem Bally-Schuhkarton dokumentiert: Familienurlaub an der jugoslawischen Adria und Weihnachten unter einem mit Engelshaar geschmückten Tannenbaum (die junge Frau links war scheinbar die lebendige Mutter), er von mir geknipst neben dem neuen Ro 80, den er sich nach Aufgabe des Geschäfts (wie kam er eigentlich halbwegs saniert da raus?) angeschafft hatte, frisch *angeheuert als Vertreter fürs Rheinland bei einem württembergischen Strickwarenfabrikanten, Damenpullover und Kleider in bewährter Cosima-Qualität* auf der Leinwand hetzen sich Tom und Jerry, unterstützt vom Johlen und Pfeifen des Publikums, die schlaue großohrige Maus und der dumme gefräßige Kater, der in Fallen tappt, geschoren wird, blutrünstigen Wachhunden und menschlichen Schlägern anheim fällt, um in der folgenden Szene unversehrt aufzuerstehen. Die Sympathien sind eindeutig verteilt, es siegt die verfolgte Unschuld, ist sie nur clever genug. *Watch out,* brüllt ein Mann mit einem Teller Rippchen auf den yogaartig gekreuzten Beinen, während die zu seinen Füßen lagernde Frau, die gemeinsame Kühltasche als Kopfstütze nutzend, den dann wirbelnden Sturz der geteerten und gefederten Comicfigur lauthals belacht. Noch einmal gut gegangen, die nächste Episode des Vorfilms, Wiederholung und Modulation *Echo, zurückhallend aus entfernteren Tälern (eine beschwerliche Wanderung durchs Salzburger Land, nach der ich ihm sagte, dass er in Zukunft allein in Ferien fahren müsse), nachklingend als zerrissene Kadenz ursprünglicher Töne, ausgerufener Worte, welche die Felswände* der Häuser ringsum *in klarer Luft* wie warm es noch ist *reflektieren. Nils zündete sich eine Zigarette an, eine Camel ohne, die er auf der Packung festgeklopft hatte, danach die Klebung befeuchtet, und blies den Rauch gegen die Decke. Vor der Tour zu klärende Einzelheiten, Räume und Atmosphären, wer spricht und wer in den Verhandlungen stillschweigt. Eine von uns gemeinsam zu skizzierende und dann zu lösende Rechenauf-*

gabe. Er fischte einen Tabakkrümel von seiner Oberlippe und spuckte ihn über den Film, der beim Abrollen ein leichtes Zittern zeigte, wirbelnde Lichtreflexe durch seinen nicht ganz planen Lauf von dem Plastikkern auf die große, eine Stunde Bilder fassende Drahtspule rechts.

– Das Übliche?

– Teils und teils, auch ein bisschen Acid zum Antesten, natürlich kein Smack.

Ein paar Brocken italienisch zu sprechen wie ich wäre bei einer ersten Begegnung hilfreich, man könnte kapieren, was die anderen sagen (niemand bräuchte das zu wissen), vielleicht etwas Entscheidendes aufschnappen (dabei machte es schon Landsleuten aus dem näheren Norden Schwierigkeiten, das Idiom der Stadt zu verstehen) und die Notbremse ziehen, falls die ganze Sache eine unerwartete Wendung nähme; obwohl Edoardo – beantwortete Nils eine meiner Fragen – der allgemeinen Ansicht nach ein korrekter Typ sei, Brigitte sei bereits öfter privat mit ihm unten gewesen und habe nur Gutes berichtet, gute Erfahrungen (nicht ewig über eine Geschichte nachsinnen, sonst verhakt sich alles in Spekulation, wird man gefesselt durch das eigene ein Flugzeug *sich in Schlaufen verengende Denken, notorische Fürs und Widers* am nachtblauen Himmel schnell hintereinander aufblitzend rote und weiße Punkte, Positionslichter, die sich geräuschlos von Westen nach Osten bewegen, zum Kennedy-Flughafen hin *Abwägungen, juristische Zweifel, als stünde man angeklagt vor den Schranken eines Gerichts* wie feierlich das aussieht *einmal haben wir zusammen am Telefon eine Beschwerde formuliert: sehr geehrte Damen und Herren, adressiert an die Rentenkasse, die persönliche Fehlzeiten in ihren Schreiben und Summationen erbarmungslos auflistete, einem keinen Platz zum Luftholen lassend, die Bedingungen in ihren verwinkelten Zeitmaßen zu erläutern. Das Vergangene und Zukunftsaussichten, Gesundheitschecks* über den Köpfen der Zuschauer schwebend wie eine mysteriöse elektronische Erscheinung *man darf sich nicht in irgendwelchen erbärmlichen Haarspaltereien verlieren, Wortmeldungen am teuer erworbenen Computer, mein Gott, Vater, es interessiert mich wirklich nicht, was du auf deiner Festplatte falsch zu laufen hast). Ohne Kommentar drehte Nils plötzlich den Geschwindigkeitsregler auf Null – so abrupt, dass der von seinem eigenen Schwung noch weitergetriebene Film sich hoch in die Luft bauschte, bevor er in Schleifen zu Boden fiel – und ging rasch zu den zwei Projektoren vorne im Raum, die Xenonlampe des einen mit einem Knopfdruck, einem laut fauchenden Geräusch entzündend. Über unserem Gespräch fast vergessen die Blende* erleuchtet manche der zahllosen Fenster zu beiden Seiten des Rasens, als blickten sie in die Dunkelheit herab *das Umschalten der Maschinen nach etwa der Hälfte der Vorstellung, die kaum wahrnehmbare Zeichen rechts oben auf der Leinwand zu erkennen geben, vom Kopierwerk ins Zelluloid geprägte Kreise oder Kreuze oder Vierecke, die dem Vorführer das nahe Ende einer Rolle ankündigen* das Flugzeug ist verschwunden, das rote und weiße Blitzen unter seinen Tragflächen abgeschnitten worden von den Dachkanten im Rücken der Menge, sieht man mit zurückgelegtem Kopf, sehe ich *Nils beugte sich vor und schaute in den Saal, die Zigarette im Mund, jetzt startete er den*

Motor des mannshohen Apparats und betätigte verschiedene Hebel, als Letzten den, der die Bilder durchs Objektiv hinausjagt, dazu ihren Ton, passgenau sich anschließend (wenn man es kann, das nummerierte Startband sorgfältig ausgemessen hat) der vorangegangenen Szene, so dass sich der Dialog oder Liebesgeplänkel oder was auch immer organisch fortsetzt, sprunglos die Lippenbewegungen und Worte ineinander übergehen Hunderte und Tausende von Büros und Wohnungen links und rechts, aus denen man das Geschehen beobachten könnte, die Stirn ans klimatisierte Glas einer Scheibe gelehnt, wie Insekten die ganzen Menschen unten im Park, essend und trinkend den Beginn des Hauptprogramms erwartend *niemand hat was bemerkt, es ist gelungen, Nils umfasste meine Hüfte und zog mich mit sich zu dem Tisch hinten zurück: fuck, sagte er, und trat vor den verschlungenen Haufen des dort am Boden aufgetürmten Filmmaterials* als säße man oder läge in einer Art von Kathedrale, deren hochschießende Mauern sich ohne Abschluss in den Sphären des Himmels verlieren, wie einem einzelne Lichter in den obersten Stockwerken fast schon wie Sterne erscheinen, die keine Verbindung mehr zu den weiter unten schimmernden Fensterrechtecken haben (Börsennachrichten und Immobiliengeschäfte, Tapeten aus Reispapier), sondern für sich allein existieren, unabhängig geworden vom Stromkreislauf, den unterseeischen Kabeln, durch die Energie vom Festland, New Jersey und Connecticut, auf die Manhattan-Insel gepumpt wird. Man fühlt sich winzig in diesem Kessel, als persönlich absolut zu vernachlässigendes Wesen, belanglos, indessen man zugleich verspürt, Teil einer größeren Gestalt, Glied eines anderen und mächtigeren Körpers zu sein, in dessen Fülle man vergeht (und das ist schön, und erhebend), die Arme im Nacken verschränkt, Essensgeruch in der Nase, man hört Sektkorken knallen *und? fragte Nils, was hältst du davon?* gigantische, in unregelmäßigen Schachbrett-Mustern erhellte Gebäuderiegel um sich herum *ist doch eine unserer leichtesten Übungen* Logenplätze in einem von Göttern erbauten Theater, ein flackernder Lichtstrahl und es geht los, zwischen den Sandstein- und Marmorfassaden ertönt scheppernd die Eingangsmusik, spulen sich die Namen der Schauspieler und Techniker ab, Kamera und Schnitt, Regie hat heute der wohlbekannte John Huston

todsicher, dieses altmodische Wort fiel einmal aus seinem Mund, beiläufig dahingesagt, als wir die Frage des Grenzübertritts streiften, im Gegensatz zu mir hatte er ein Auto, das man nehmen könnte, äußerlich noch gut in Schuss, inwiefern man zu einer Stoßzeit am Brenner einfach durchgewunken würde, und ebenso in Kufstein oder Chiasso, bestimmt aber nicht eine Kontrolle mit Hunden zu gewärtigen habe.

– Du bist kein kiffender Freak, sagte er, und Edoardo auch nicht, ihr seid zwei Businessleute, die ihr Ding machen, am besten wäre vielleicht ein Mietwagen von Avis zwischen Mailand und Stuttgart.

– Mittelklasse.

– Genau, ein kleiner unauffälliger Golf, nur erhöhen sich dann die Kosten.

– Deine Kosten, sagte ich, mit denen habe ich nichts zu tun.

Nils schüttelte den Kopf und stützte sich, als hätte er ein Rückenproblem, vorgebeugt auf den Umrolltisch, das Gewicht seines Körpers auf beiden Ellbogen lagernd.

– Dreißig Prozent.

– Davon war bisher nicht die Rede.

– Bitte, das ist schon jenseitig, letzten Endes bleibt das Restrisiko komplett bei mir.

– Addition und Multiplikation.

– Schlägst du ein?

Ich schlug ein, schließlich war nie etwas schief gelaufen, in Nijmwegen nicht und nicht in Antwerpen: mit Benno damals, der irgendwie mittelalterlichen Gesang in jener versandeten Hafenstadt studierte, gregorianische Choräle, die sein bunt gemischtes Ensemble in Kirchengewölben vortrug, grotesk zu wissen, dass die meisten von denen schwer drauf waren, a-spér-ges me, Dó-mine, la-vá-bis me. Ein einziges Mal noch, dachte ich (als sei ich in Wahrheit nur deswegen gekommen, wegen dieses einen letzten Males), denn unsere Wege hatten sich schon seit längerem getrennt, eine Zeit parallel, dann weit auseinander, kaum dass wir zufällig am Rand einer nächtlichen Tanzfläche ein paar Sätze wechselten, oder vielmehr, sie uns gegenseitig ins Ohr schrieen: was macht eigentlich der? hast du die gesehen? den Sommer über bin ich in Griechenland, nach und nach verblassende Erinnerungen, unterschiedliche Ziele, die man anstrebt, aus bestimmten Gründen eingegangene Obligationen; wie mit dem Leben zu ver-

fahren ist die nächsten zwanzig Jahre, das nächste Jahr, morgen. Die Unvorstellbarkeiten ändern sich, Vorwände, etwas zu lassen oder zu tun, Interessen und Forschungseifer, wohin man will und warum. Nachdem er das Ende gefunden hatte, wickelte Nils den zu Boden gefallenen Filmstreifen in schnellen Drehungen um seine linke Hand, in die Höhlung zwischen Daumen und einwärts gekehrten Fingern, dann rollte er ihn von da aus vorsichtig ab auf die große Drahtspule rechts, bei geringster Geschwindigkeit des Elektromotors.

– Wo wohnt er?

– Ich gebe dir nachher die Telefonnummer, es wäre gut, wenn alles kurzfristig über die Bühne ginge.

– Meinetwegen sofort.

– Dann trefft ihr euch so bald wie möglich.

– Und wir beide rechnen die ganze Geschichte noch mal durch.

Nils sah mich an, als hätte ich ihn beleidigt oder als sei er enttäuscht von mir, wohingegen ich gar nicht beabsichtigte, unseren Vertrag in Frage zu stellen, sondern nur einige technische Details der Unternehmung mit ihm besprechen wollte, bevor ich Edoardo kontaktieren würde, ob es etwa einen Festpreis gäbe im Vorhinein oder noch Spielraum für Verhandlungen, und welche Vollmachten er dem Italiener zu übertragen gedenke bezüglich des Kapitals und einer notwendigen Qualitätsprüfung der Waren. Ein leicht aufzuklärendes Missverständnis, ich hätte besser »gehen« gesagt anstatt »rechnen«, drückte sein Gesicht in diesem Moment trotzdem eine wie von selbst zwischen uns entstandene Entfernung aus, die ein mir unbekannter paranoischer Zug schattierte (als schlügen sich die Usancen seines Geschäftszweigs nun plötzlich doch *auf ihm nieder), eine sich in Zukunft immer weiter öffnende Kluft, in der die Angst nistete, verraten zu werden, bereits überwacht, vom Freund, vom Bruder betrogen; déformation professionelle, die nicht zu entkräften ist durch Vernunft oder Erklärungen von Loyalität, hieb- und stichfeste Beweise, so dass man sich schleunigst verabschieden sollte, um dem folgenden Strudel zu entrinnen. Ich erläuterte, was ich meinte, Nils legte mir seine Abmachung mit Edoardo dar, ich glaubte ihm (was anderes blieb mir nicht übrig), wir tranken lauwarmes Bier und rauchten seine filterlosen Zigaretten. Einmal telefonierte er mit Wolfi, der anscheinend wissen wollte, wann das Spätprogramm beendet sei (Hast du die ganze Werbung noch gespielt? Ach Scheiße!); ich verschwand, als alles wasserdicht war und wir ein Letztes abgeklärt hatten, Auszahlungsbedingungen, Haftungsmodalitäten, beim Rausgehen durch den Widerschein des Films tretend, der von der Scheibe des kleinen Fensters in den Projektionsraum zurückgeworfen wurde, transparente, wie körperlose und trotzdem reale Figuren, die über die rot und grün und auch orange glimmenden Dioden an den Verstärkerkästen huschten, Dolby Digital Sound Processor, kaum hörbar im Rattern der Maschinen, der Zahnräder und Walzen, ein aus dem Kontrolllautsprecher unter der Decke rieselnder Klang* call me Ishmael *kurz Musik und dann wieder der gedämpfte Ton einer menschlichen Stimme* some years ago – never mind how long precisely, die Story eines aus dem Off erzählenden Mannes, angeheuert in Nantucket auf dem Dreimaster Pequod, um seine Grillen zu vertreiben, an Bord eine aus merkwürdigen Gestalten zusammengewürfelte Mannschaft als Gregory Peck sich nach einer halben Stunde etwa zum ersten Mal blicken lässt – in schwarzem Gehrock und Zylinder humpelt er aus seiner Kapitänskajüte aufs Achterdeck des Schiffes und mustert gebieterisch die vor ihm erstarrenden Seeleute –, branden Laute des Unmuts Richtung Leinwand, es wird gezischt und gebuht, indes einige wenige dem düsteren bärtigen Mann Beifall spenden, ihn anfeuern zu tun, was er gemäß Drehbuch zu tun hat. Immer wieder kommt es zu solchen Kundgebungen von Sympathie und Ärger, lautstarken Appellen, sich den Einbeinigen doch vom Hals zu schaffen, wie anderen, die ihn tapfer gegen die Mehrheit hinweisen auf eine mögliche Meuterei, Umtriebe der Matrosen hinter seinem Rücken

markerschütternde Schreie der Zuschauer während der nächtlichen Vorführung eines Horrorfilms im großen Saal des Kinocenters an der zweiten Avenue Ecke zwölfte Straße, dem Hauptraum einer ehemaligen Synagoge, da standen welche mit geballten Fäusten von ihren Sitzen auf und schlugen durch die Luft, als seien sie die Angegriffenen und müssten sich des schier unbesiegbaren Monsters erwehren, Michael Myers, der heimgekehrt war, um Rache zu nehmen – fragte sich nur, für was? –, bis ihm endlich die Direktorin des Internats, wo er besinnungslos raste, mit Axthieben den Garaus machen konnte, johlender Applaus, ein wildes Vergnügen wie bei vielen älteren Kopien haben die Farben des Technicolor an Strahlkraft verloren, wirken blass, ein wenig verwaschen, als läge eine feine milchige Schicht auf allen Bildern des Meeres, des Seglers, den Körpern und Gesichtern der Walfänger: Ishmaels, Starbucks, Doughboys und Queequegs, einem über und über tätowierten Harpunier aus der Südsee, dessen kannibalisches Kauderwelsch sofort Gelächter hervorruft, wird beklatscht sein unbeschwertes Gestammel in einem Phantasieenglisch, Pidginenglisch der fünfziger Jahre der Filmindustrie; zumal er der Einzige ist, den die Launen des Kapitäns nicht bekümmern, die ihn erst gar nicht erreichen in seiner schicksalsergebenen, von fremden Geistern beseelten Welt. Man will sich amüsieren, einen schönen Abend verleben, picknicken und dann gemeinsam nach Hause gehen, das Normale morgen früh wieder, Fahrpläne und Hausversammlungen, Kreditwürdigkeit. Ein Spaß, nichts Ernstes, Rippchen und Hähnchenkeulen, Budweiser und grüner chinesischer Tee aus Thermosflaschen, dazu passende Trinkschalen, Obstsalat, Schnitze von Wassermelonen, Joints, selbst Sushi essen welche, stilecht mit Stäbchen, haben rechts von mir auf einem Lackbrett die Röllchen um zwei, drei Saucenbehälter herum aufgebaut, nicht meine Sache, rohen Fisch mag ich sowieso nicht, diese Manie dieses Zeug zu vertilgen, aber auch überhaupt, wenn nämlich bei einem Film geredet wird oder gegessen (Tütengeraschel, dauernd das Knacken von Chips oder Nachos), als ließe das eine sich mit dem anderen grundsätzlich nicht vereinbaren, eine dumme Ablenkung, die nervös macht und die Aufmerksamkeit untergräbt, bis man zum Schluss gar nichts mehr mitbekommt, nicht sagen könnte, um was es sich genau gehandelt hat in den neunzig oder hundert Minuten zuvor

kaum dass jemand gehustet oder sich nur zu räuspern gewagt hätte im voll besetzten Kino-Kellergeschoss des Museum of Modern Art während der Fassbinder-Werkschau letzten Februar, als Faustrecht der Freiheit gezeigt wurde (mit Sarah und Lorie und Charles und Becky), untertitelt Fox and his friends, wo ein gutgläubiger Rummelplatzbursche eine halbe Million Mark im Lotto gewinnt, um hinterher von abgefeimten bürgerlichen Schwulen, die er für seine Freunde hält, ausgenommen zu werden wie eine Weihnachtsgans, als Toter noch beraubt in einer U-Bahn-Station (Adenauer Platz), liegt er bäuchlings (der Regisseur selber als Schauspieler) mit von sich gestreckten Gliedern auf den schmierigen Kacheln der Zwischenebene. Gefällt dir das? fragte mein Vater, ich finde das pervers, oder meinetwegen abartig, also nicht, weil das alles Schwule sind, sondern die Moral (ich bin sechzehn Jahre alt, und wir haben den Film zusammen im Spätprogramm der ARD oder des ZDF gesehen), diese total kaputten Typen, wie heißt der eine noch mal, aus den Sissi-Filmen, der Sohn von dem Dirigenten? *er konnte nicht mehr aufstehen, blieb einfach im Bett bei meinem täglichen Besuch* waren noch schöne Filme damals, die Gerlinde und ich uns angeguckt haben, sagen wir mal interessante, Bergmann und Preminger und so weiter, auch Hitchcock *als fiele ihm bereits das simple Atmen schwer, einzuatmen und danach automatisch wieder auszuatmen* bitte jetzt, sagte ich, red keinen Mist, es geht um die Gesellschaft, von der du ein Teil bist, die ist das Kaputte *eine an seinem Hals vor Anstrengung pulsierende Ader, Schlagader oder was* sozusagen ein Sinnbild, dass sich alles immer bloß ums Materielle dreht, ums Haben. Natürlich, sagte er, dein Taschengeld zum Beispiel, drucke ich mir das oder muss ich es verdienen?, meinst du, mich macht das happy?, sagte ich: rutsch mir den Buckel runter, du kapierst null, wozu Menschen gebracht werden durch die Verhältnisse, die sind mörderisch, vernichten jeden ohne Solidarität. Eine sich lange, bis ins Morgengrauen fortsetzende Diskussion, bei der keiner aufgab, keiner Recht behielt, keiner von uns den Rückzug antrat, ich hörte, wie sein Wecker um sechs Uhr dreißig schellte, er sich Kaffee kochte, zog mir das Plumeau über den Kopf, würde ihn um ein Entschuldigungsschreiben bitten. Lächerlich, sagte er am nächsten Abend, vor seinem Auftragsbuch sitzend, als ob du nicht hättest in die Schule gehen können, ich habe genauso wenig geschlafen, du bist einfach faul und glaubst dir das leisten zu können, Chemie sechs, wie bitte?, das muss ich mir nicht bieten lassen, das ist absolut unter der Gürtellinie – Entschuldige, ich habe Entschuldigung gesagt, was willst du noch hören? *nicht wie in den Tagen zuvor, als ich die Tür des Zimmers öffnete, saß er auf der Bettkante oder neben dem gekippten Fensterflügel, sondern lag, mit einem Trainingsanzug bekleidet, halb auf, halb unter der Decke, mich mit einer demonstrativ legeren Geste begrüßend: es sei nur für eine Weile, heute ruhe er sich kurz aus, gerade jetzt eben, aber morgen drehten wir beide wieder unsere gemessene Runde durch den Park, am Kiosk die balkenbreiten Schlagzeilen der Revolverblätter lesend, jeder den eigenen Kopf schüttelnd. Das lief sprachlos ab, wir schienen beide zu wissen, was im Augenblick los war, und so erkundigte ich mich weder nach seinem Befinden (das war keine gewöhnliche Gelbsucht, ein paar Wochen Diät, paar Medikamente, und alles regelt sich von allein), noch schlüpfte mir ein Trostwort über die Lippen, eine dieser gestanzten Formeln, die von Loreromanen her bekannt sind oder aus Heimatfilmen, stattdessen fragte ich ihn wie nebenbei, ob er was zu trinken habe im Nachtkästchen, ein Bier vielleicht. Er tippte lächelnd an seine Schläfe und sagte: du hast Ideen, 'n Bier würde ich auch gerne zischen, das wäre tödlich. Mir riss es die Beine weg, in einem buchstäblichen Sinn, wie mir das Blut aus dem Hirn schoss, ich müsste mich dringend setzen (dachte ich) und nahm Platz auf seinem rollbaren Klinikbett. Knöpfchen für Notrufe, Sauerstoffventile, Steckdosen, der Schalter des von Ärzten und Pflegepersonal und Patienten gemeinsam gestalteten Radioprogramms, Nachrichten und Wunschmusik. Über der Stirn waren seine Haare schütter geworden, man sah die Kopfhaut, Geheimratsecken, was er auszugleichen versuchte durch eine Art Tolle im Nacken, einen sich wellenden Kranz weich gespülter grauer Haare, der locker auf den gestärkten Hemdkragen fiel, das schmale*

Revers seines modischen Anzugs (gingen wir essen), changierender Stoff im hellen Licht der »Kaiserstuben«, einem Lokal, das Wilfried (?) neben dem eingeführten Restaurant der Familie betrieb, verfeinerte rheinische Küche mit gebackener Blutwurst zu Raukensalat, Reibekuchen mit einem Klecks Kaviar, Heringsravioli, und in dem ich wie andernorts niemals die Rechnung bezahlen durfte, die Flasche Wein, die abschließenden Obstbrände und Mokkas, als sei es sein ewiges Vorrecht, die Scheine unter dem Bon zu placieren, stimmt so: zu der Kellnerin zu sagen, um zufrieden in mein Gesicht zu blicken. Wie in die Haut gegraben zwei Falten um seinen Mund, schmale Lippen, auf der Nasenspitze eine halbierte Brille zum Lesen, blaue oder graue Augen unter einem Paar buschiger Brauen, deren drahtige Härchen er regelmäßig mit einer Nagelschere zu stutzen pflegte; als ich ihn einmal als Junge dabei beobachtete, sagte er, die wüchsen wie verrückt, könnte ich mich schon mal drauf einstellen

die Moral der Besatzung zu beschwören, sie einzuschwören auf das folgende Jagdmanöver, ist Schuldigkeit des Kapitäns, der mit seiner aus dem Kieferknochen eines Wals gedrechselten Prothese in ruckhafter Entschlossenheit übers Deck der Pequod stelzt, auf den Planken jeder Tritt des künstlichen Beins ein hartes, hölzern klopfendes Geräusch, das im Freien nachhallt wie ein selbständiger Ton, sich wie die Stimmen der Schauspieler, das Knattern der Takelage und Pfeifen des Windes einfügt in ein zwischen den Häusern, über den Baumkronen des kleinen Parks herumflatterndes Gewebe aus Klang, das man gar nicht mehr richtig zusammenbringt mit den Spuren des Lichts auf der Leinwand, abgelöst davon wie eine akustische, eher dem Gespensterreich entspringende Erscheinung: *born in throes*, deklamiert Gregory Peck, *'tis fit that man should live in pains and die in pangs*, als spräche ein Moses von einem der Dächer zu seiner Gemeinde, *asshole*, ruft jemand aus der Menge empor, vereinzeltes Gelächter.

Überlebensgroß das Gesicht Ahabs unter dem abgewetzten Zylinder, der fanatische Blick, weithin dröhnend seine an die versammelten Seeleute gerichtete Botschaft; zum Schluss zieht er ein Goldstück aus der Tasche seines Gehrocks und hält es in die Luft, es hoch und heilig dem Ersten versprechend, der das Tier sähe, den gewaltigen weißen Leib, die Wasserfontäne, nachdem man die halbe Welt schon vergebens umsegelt hat, wider alle Vernunft die reichsten Fanggründe auslassend. Ein Raunen geht durch die Reihen der Männer, als er die Dublone an den Mast nagelt, auf ihren Rand geprägt die Worte *Republica del Ecuador, Quito,* wie man in einer extremen Nahaufnahme erkennen kann *eine schwarze Hornbrille trug Edoardo im Café Einstein, wo wir uns verabredet hatten, und las den Corriere della Sera, hinter einem der viereckigen Marmortischchen auf der langen, mit weinrotem Velours bezogenen Bank gegenüber dem Eingang sitzend, so dass man beim Betreten des verwinkelten und verspiegelten Saales geradewegs auf ihn zulief (Hornbrille und Corriere della Sera), Mister Bellozzi?, fragte ich, yes, antwortete er, und rollte die Zeitung zusammen. Anders als in meiner*

Vorstellung – wenn ich mir denn eine von ihm gemacht habe, wahrscheinlich handelte es sich um das undeutliche Bild eines Italieners aus dem Süden –, war er von robuster, fast schon fülliger Statur und sicher einen halben Kopf größer als ich (der ich nicht klein bin, ein Meter achtzig laut Pass), mit hellbraunen Haaren und ebensolchen Augen, deren leicht geschwollene Höhlen sich bald in Tränensäcke verwandeln würden, als Folge von zu viel von allem, doch machte Edoardo nicht den Eindruck, daran auch nur den Spreißel eines Gedankens zu verschwenden. Man tastete sich ab, kreiste vorsichtig das Thema ein, Interessenlagen und Beteiligungen, körperliche Stärke, die Entschiedenheit, in einer speziellen Situation gewaltsam zu reagieren (während einer Durchsuchung damals, einer polizeilichen Kontrolle wirklich die Knarre zu ziehen und sofort abzudrücken, bringst du das?, ich bring das, meinst du, ich lass mich von denen einlochen?), Termine. Yeah, maybe next week, but first I have to phone to some people, Averna und Espresso, Edoardo rauchte Marlboro, die er mittels eines schmucklosen Zippos klackend in Brand setzte (dunkler Anzug und ein weißes gebügeltes Hemd ohne Krawatte) Queequeg hockt vorne in einem der riemengetriebenen Beiboote des Seglers und hat die mit eisernen Widerhaken bewehrte Harpune geschultert, jetzt schleudert er sie gegen einen Wal, dessen gewaltige Schwanzflosse einen Gischtregen aus dem Wasser peitscht, die Fangleine wickelt sich ab und reißt das Boot mit sich fort, es in einer hochschäumenden Bugwelle hinter sich herziehend, bis das Tier langsam ermüdet und eingeholt werden kann zum finalen Massaker, Lanzen bohren sich durch sein traniges Fleisch, dann ist es plötzlich vorbei *im Konsulat arbeite er, erzählte mir Edoardo offenherzig bei einem zweiten mittäglichen Treffen im Einstein (was seine seriöse Kleidung erklärte), ob ich es kenne, am Südrand des Tiergartens in einem Flügel der alten italienischen Botschaft, die ansonsten leer stehe, die Fenster zur Straße vernagelt oder einfach zugemauert seit vierzig Jahren, ein von den Nazis für die Faschisten errichteter Protzbau, der irgendwie von den Bomben verschont worden sei, falsche Renaissance am falschen Ort. Man verlängere Pässe, helfe verirrten Touristen, kümmere sich um die im Westteil der Stadt lebenden Bürger des Landes, Wahlunterlagen und Sommerfeste, Geburtsurkunden. Ich nickte bloß, mir fiel dazu nichts ein, außer vielleicht, dass man nicht alle Tage auf jemanden aus dem diplomatischen Dienst stößt, der sein Gehalt mit solchen Transaktionen, um das Kind nicht beim Namen zu nennen, nachbessert; Zweifel, er sei eine Art Agent provocateur, hatte ich nicht, das wäre zu verdreht gewesen, da gab es andere, unauffälligere Möglichkeiten.*

Natürlich, stellte sich bald heraus, war Edoardo kein Diplomat oder Ähnliches, sondern Praktikant für drei Monate, zuvor die gleiche Zeit in London, wie er andeutete auf Betreiben seines Vaters, der über entsprechenden Einfluss zu verfügen schien. Er selbst studierte Volkswirtschaft und Geschichte, keine Lust mehr, sagte er, das pisst mich total an. Berlin aber gefalle ihm, meraviglioso, er werde sich hier eine Wohnung suchen und bleiben, dreimal besser als Rom oder Neapel, wo man nachts nichts machen könne, ohne Unsummen zu verschwenden, von ganz wenigen Clubs und Diskotheken abgesehen. Sein Auftreten war so ruhig endlich Moby Dick, Kapitän Ahab erblickt ihn zuerst, den weitberühmten weißen Wal, eine Meile voraus, und es kommt der Befehl: in die Boote *so entspannt, dass ich unserer Reise einigermaßen optimistisch entgegensah, es würde schon laufen, wir würden das Ding schon hinkriegen* der Beginn eines tagelangen Kampfes mit dem Ungetüm, dem Todfeind, der zurückschlägt, seinerseits die Männer angreift, ihre Nussschalen kraft seines Leibes und seiner Kiefer eine nach der anderen zerbricht und zermalmt. Das Publikum im Bryant Park ist gepackt, die Leute um mich herum haben aufgehört zu essen (oder Reste zu picken), und verfolgen die Schlacht zweier sich unerbittlich bekriegender Gegner in atemloser Spannung, kaum findet sich noch ein Zuschauer, der etwas hochruft oder meinetwegen klatscht, wenn das Tier, das brodelnde Meer, einen der unglücklichen Matrosen verschlingt. Trotz seiner Gegenwehr, der Haie, die nun die Pequod in der Hoffnung auf leichte Beute umkreisen, wird Ahabs Angriffsbefehlen in blinder Treue gefolgt, doch der Wal ist zu mächtig (und zu erfahren), um sich auf die gewohnte Weise erlegen zu lassen. Weiß man es auch, und kennt das Ende der Fabel seit langem, bannt einen die Geschichte wieder so, als hörte oder läse man sie zum allerersten Mal, seien es die ersten Bilder dieser vergeblichen Jagd, die man zu sehen bekommt, auf einer seitlich von den Schatten des Laubwerks gerahmten riesigen Leinwand, umgeben von Häusern, die in den Himmel ragen, Szenen eines Films in ausgebleichtem Technicolor.

Wie durch ein Wunder überlebt Ishmael das Debakel, er allein den Untergang des von Moby Dick schließlich zertrümmerten Schiffes, und nach zwei Tagen, die er im Meer getrieben ist, nimmt ihn die *Rachel: a sail drew near, nearer, and picked me up at last* an Bord. Aus, Abspann, die Apparate erlöschen, *whow,* sagt der Mann (der mit den Rippchen), *what a great film,* und seine Begleiterin nickt zustimmend, die Ellbogen auf den Rasen gestützt. Sich erheben, die dünne schwarze Nylonjacke anziehen, heimwärts gehen. Die Hausschlüssel sind in der Hosentasche – bestätigt ein Griff –, in der anderen stecken die zusammengerollten Scheine, das müssten jetzt noch ungefähr sechzig Dollar sein, plus ein paar Münzen. Nächste Woche wird die letzte Rate des Stipendiums überwiesen, vielleicht könnte der Verlag etwas zuschießen, steht man schon in seinem Prospekt als Träger eines nicht unwichtigen Preises für essayistische Prosa. Sich mit fremden Federn schmücken, die einen nichts kosten, jedes Symposion, jeder Vortrag gleichsam ein Werbegeschenk, die Arbeiten von Stefan Matenaar erscheinen bei Sowieso (hatten sie mal einen Fotografen geschickt, der ein Porträt machen sollte, der sagte: vor den Büchern hier, find ich schön, wie Sie die einfach zu einer Wand aufeinander gestapelt haben, wie Holzscheite). Übernächste Woche ist die Miete fällig, die einem die Haare vom Kopf frisst, denn unbedingt im East Village muss man ja wohnen, als sei ein Apartment fern vom Tompkins Square, in Brooklyn, in Queens, in einer soliden Nachbarschaft der Bronx gleichbedeutend mit der eigenen Bedeutungslosigkeit, bekunde die Unterzeichnung eines Mietvertrages dort ein nicht nur symbolisches Ende (Williamsburg ausgenommen), des Anspruchs, der sie alle am Rotieren hält, Künstler sein, eine ganz besondere Erfahrung. Fürs selbe Geld bekäme man in Berlin eine Wohnung mit sechs oder acht Zimmern, zwei Balkons, Aufzug, Parkettfußboden, und wo man sie wollte, Mitte, Prenzlauer Berg oder Paul-Lincke-Ufer, hätte in offener Südlage von morgens bis abends Sonne *ein Anruf gegen elf Uhr, man fragt: Wie sieht's denn so aus, war schon Visite?, Banalitäten, als ginge es hauptsächlich darum, seine Stimme zu hören, sich seiner Existenz zu versichern, wie man nie zuvor dieses Bedürfnis verspürt hat – aber immer unter einem Vorwand, der das Telefonat legitimierte, also etwa zu sagen: Den Spiegel bring ich heute mit, den brauchst du dir nicht extra kaufen zu lassen, ausgedachten Begründungen dafür, die Nummer gewählt, mit ihm einen Augenblick gesprochen zu haben über die Zeit des nachmittäglichen Besuchs hinaus* stellt man sich vor als eine realistische Möglichkeit, als hätte es nicht Gründe genug gegeben, die Stadt vor einem Jahr zu verlassen – auch ohne die Liebe zu Sarah, ein Projekt, das einen längeren Aufenthalt sonstwo erforderlich machte, Nachforschungen in überseeischen Archiven –, um Ballast abzuwerfen, loszuwerden die an jeder Ecke lauernden Bilder einer Vergangenheit, sich neu zu erfinden. Das eine ist vorbei, in dem anderen steckt man drin, living a subletted life on a temporary visa, neunte Ost vierhundertneunundzwanzig, im dritten und letzten Stock eines schmalen Hauses aus rotbraunem Backstein, vor dessen Straßenfenstern (die beiden unserer Wohnung zur Feuertreppe hinaus) rautenförmige Stahlgitter angebracht sind (sicher vor Einbrechern, versperrter Fluchtweg im Brandfall), es hat abgeschliffene Holzdielen und rückwärtig in der Küche noch ein unbefestigtes Schiebefenster zum Hof *mal vormittags kurz vorbeischauen: war gerade in der Gegend, ein bisschen Obst und ne Zeitung, bin praktisch schon wieder weg* doch da würde es nie einer unbemerkt hochschaffen ohne Hilfe, ein nächtlicher Fassadenkletterer. Möbliert, für zwölf Monate, pünktlich die Schecks auf ein Konto der Citycorp, Briefe der Familie Feasley öffnen und sofort beantworten, falls nötig, leibhaftig wird man sie in keinem Fall zu Gesicht bekommen, höchstens einen ihrer Verwalter, Mister W. Kascinski oder Mister Gordon Schnabelhut (Kascinski ist ein Säufer, und Schnabelhut drückt nur die Klingel, mit dem redet man durchs Treppenhaus). Eine Tür auf jeder Etage, Spione, Kettenschlösser, in schwere Gehäuse zurückschnappende Riegel: ein kleiner, zur Küche gehörender Vorraum, den man vom Flur aus betritt (Schuhe, leere Flaschen, Altpapier), hinter einer in den Raum vorspringenden Wand das Bad (Dusche, Waschbecken und Closchüssel), rechts davon auf das Hoffenster zu Kühlschrank und Gasherd, der ovale Tisch mit drei Stühlen, ein fast deckenhohes Metallregal voller Geschirr und Lebensmittel (verschiedene Sorten Müsli, Packungen Cornflakes, Honigpops und Haferflocken,

Pfannen und Töpfe, ein Wok, ein Fondue-Set, Nudelsaucen und Essstäbchen, eine Dose Kakerlakenspray – bis dato aber keine gesehen), während es ums Eck ins Zimmer geht, durch einen vermittels türkisweißer Vorhänge abgetrennten Schlauch, in dem das Bett steht (das sollte der bedroom sein), ins Wohnzimmer, drei Meter breit und fünf Meter lang, vor den Fenstern eine Kunstledercouch und der Fernseher, links Bücher (mehrheitlich Theaterliteratur, die gesammelten Werke Tschechows, Peter Szondi auf Englisch, Koltès und Harold Pinter: ein an der Westküste beschäftigtes Kollegenpaar von Sarah hatte uns den Platz überlassen) und rechts ein Schreibtisch, Computer und Drucker, Telefon (ein tief tönendes, rasselndes Schnarren), Faxgerät, Anfragen und Aufträge, lasergedruckte Honorarvorstellungen – als Synchronstimme im werbefreien Kanal des Public Broadcasting System in einer französischen Dokumentation über asiatische Knochenmühlen, wo von unterbezahlten Kindern und Frauen Turnschuhe und Lederbälle für die Vereinigten Staaten handgenäht werden, Einschaltquote leider nicht messbar. Der Kasten der Klimaanlage, frisst extrem Strom, an manchen Abenden wäre es ohne ihren Betrieb nicht auszuhalten, drückende Schwüle, Talkshows und Nachrichten, die nackte Haut klebt an dem schwarzen Kunstleder fest, Sarahs Brüste, mit einem Handtuch aus dem Bad die Flüssigkeiten von dem lackartigen Material wischen, die sind schon in die Polster gesickert und bilden einen glänzenden durchsichtigen Film längs der Nähte, keiner hat aufgepasst, pass doch mal auf und zieh dir ein Gummi über, das ist von dir, komm, da fang ich doch jetzt keinen Streit drum an *sciopero, rief Edoardo, nachdem er das Plakat an einem der unbemannten Häuschen gelesen hatte, fahr zu, die Kassierer der Mautstellen streiken heute, wir kommen umsonst mindestens nach Florenz. Es war Mai, früher Morgen* und doch gab es Streit, der sich an den Flecken entzündete, als hätte man seit Monaten alles aufgespart bis zu diesem Moment, Groll über Kleinigkeiten, von denen man nicht wusste, dass sie für den anderen nur schwer zu ertragen sind, das Geschirr statt im Becken unter laufendem Wasser zu spülen, was für eine Verschwendung, schrie ich, und Sarah brüllte zurück: siehst du hier einen Wasserzähler? zählt irgendjemand außer dir das verdammte scheiß Wasser?, in kosmische Dimensionen sich auswachsende Vorwürfe wegen nichts, das Licht brennen zu lassen, ständig, aber auch wirklich ständig, den Hausschlüssel zu verbaseln und ihn dann hektisch zu suchen, eine abenteuerliche Unruhe verbreitend, indes man sich spätabends nackt gegenüber stand, die fremde Couch mit Fußtritten malträtierend (sie), oder man riss ein paar Bücher, die den Gastgebern gehörten, vom Bord und schleuderte sie durchs Zimmer (ich) *wir waren am Nachmittag des vergangenen Tages losgefahren und hatten uns alle drei oder vier Stunden am Steuer abgewechselt, nur einmal auf einem Rasthof hinter München eine längere Pause einlegend, weiter in einer von zuckenden Gewitterblitzen erhellten Dunkelheit durch die in diesem abrup-*

ten, sekundenlangen Aufleuchten sehr bizarr wirkende Landschaft der Alpen (wie auf Trip, sagte Edoardo), problemlos (aber warum hätte es jetzt auch schon Probleme geben sollen?) sämtliche Grenzkontrollen passierend, DDR, BRD, Österreich, Italien. Als wir oben auf einem Parkplatz der Brenner-Autobahn frische Luft schöpften: Bienvenuti in Italia, tauchte der erste Schein der Sonne am Horizont eines sich weitflächig vor uns öffnenden Tales auf, che bello, sagte Edoardo, und deutete mit ausgestrecktem Arm in Richtung des schmalen blassgelben Streifens, der die Kanten und Umrisse der Felsen und Bergkuppen, entfernterer Bäume und verstreut liegender Häuser aus der Nacht gleichsam herausmodellierte, als kehrten sie nach einer unbegreiflichen Zeit der Abwesenheit nun wieder in die Welt der Dinge zurück naturgemäß erschöpfte sich der Streit irgendwann und man musste lachen über die Idiotie der sich gegenseitig an den Kopf geworfenen Lappalien, so geht das nicht, dachte ich später beim Aufräumen, ist keine Lösung, nicht zuletzt es nicht unsere Sachen waren, die es abbekommen hatten, Bücher mit zerknickten Seiten, der Papierschirm der Stehlampe eingerissen, die Couch quer im Raum vor den Fenstern. Man bräuchte eine eigene Wohnung, neue Bedingungen des Zusammenlebens, mein weiteres Hiersein wäre auf Dauer zu legalisieren. Dieses aber schwieriger als jenes und jenes schwieriger als das, Gespräche mit misstrauischen Beamten, die einem die Taschen umdrehen (kann man fast vergessen, außer im Fall einer Heirat, einer wissenschaftlichen Unentbehrlichkeit, ökonomischer Potenz), und wöchentlich die Inserate studieren und Besichtigungen vereinbaren, ein Paar unter Dutzenden,

wie schon einmal vor einigen Monaten, als wir auf der Suche nach einer gemeinsamen Bleibe mit einem Zettel in der Hand durch Williamsburg und Greenpoint streiften, benachbarten Bezirken im westlichen Brooklyn, die nur der Fluss, der East River, vom begehrten Schauplatz am anderen Ufer trennt – fährt sogar ein Bus über die Brücke bis zur Orchardstreet, lediglich fünf U-Bahn-Stationen zum Astor Place –, Ausweichquartiere geworden für alle, die sich die Preise drüben nicht mehr leisten können, wohl wissend, dass an Ort und Stelle die Geschichte sich in wenigen Jahren wiederholen wird, ins Unbekannte vorstoßende Scouts, denen ein Treck landhungriger Siedler auf den Fersen ist.

Fabrikanlagen waren dort an der Wasserfront, Lagerhäuser, Werkstätten mit staubblinden Fenstern, noch in Betrieb manche, viele verlassen, abblätternde Beschriftungen und verschrammte Schilder erzählten von den hier früher tätigen Gewerben, Keramik und Glas, Druckmaschinen und Pressluftbehälter, Eisenwaren. Es gab Stichstraßen, in denen kein Auto parkte, leer zwischen den Mauern und geschlossenen Toren stillgelegter Betriebe, woanders wurde ein aufgebockter Container beladen, rollte ein Gabelstapler aus einem Tor (Zabusky & Ostrow) und hievte Kisten nach oben, Fetzen von Holzwolle zwischen den Sparren.

Erst in gewisser Entfernung vom Fluss, den alten

Piers und Hafenkränen, tauchten Wohnhäuser auf, standen vereinzelt an einer Straßenkreuzung wie Eindringlinge in einem fremden Revier auf Posten, oder hatten sich schon zu ganzen Zeilen zusammengeschlossen, einer Montagehalle gegenüber, einer stampfenden Schrottpresse, einem brachliegenden, von einem hohen Maschendrahtzaun umgürteten Grundstück (wo man als Kind am liebsten spielte, nachdem man unter dem Zaun hindurchgekrochen war, geheime Keller entdeckend, deren vergitterte Zugänge die größeren mit einem Stemmeisen aufbrachen, Menno und Volker). Eine steinalte Frau, die man nach einer Adresse befragte, schüttelte bloß ihren Kopf, antwortete Sarahs Erklärung, man habe sich verlaufen und suche Berrystreet, in melodischen Brocken einer slawischen Sprache (Sarah: polnisch, ich: oder russisch, Sarah: *czech?*), konnte aber keine verlässliche Auskunft geben, man würde den eingeschlagenen Weg einfach mal fortsetzen; genau richtig, mehr und mehr rückten menschliche Siedlungen ins Bild und verdrängten die industriellen Gefüge, bis man wieder das Gefühl hatte, in einer Stadt zu sein und nicht verloren in einer Zone von Schwerstarbeit und Profit *jeder mit warmem Mineralwasser eine Captagon geschluckt, die Edoardo während des Fahrens aus der Stanzung herausgedrückt hatte, unsere Augen synthetisch offen haltend, die nächste Tablette etwa hundert Kilometer vor Rom* Rentenfonds und Sozialversicherungsnummern, x-fach gestempelten Gewerkschaftsausweisen.

Man schob sich mit anderen Bewerbern durch die annoncierten Wohnungen (ein paar gruselige Löcher darunter), sprach mit den Agenten der Immobilienfirmen, manchmal den Hausbesitzern selber, die wahre Schätze hüteten, zwei Zimmer, Küche und Bad für neunhundert Dollar, was um ein Drittel oder sogar die Hälfte billiger war als auf der Westseite des breit dahinfließenden Stroms, zum Beispiel in der Marcy Avenue, die südöstlich hinter der Brückenrampe in das Viertel hineinführte und von bescheiden provinziellen Gebäuden gesäumt war, Metzger und kleiner Supermarkt, koscherer Schlachter und Baguette-Bäckerei, Flickschuster nebst orthopädischem Schuhladen, Steakhouse und Juwelier, der laut Schaufensteraufschrift aus einem Ring zwei machte, *lovers connecting*. Ecke zehnte oder zwölfte Straße war ein Stehcafé, in dem außer italienischem Kaffee (Lavazza) frisch gepresste Säfte angeboten wurden, ich bestellte Espresso und ein Glas Mango-Apfel, Sarah Cappuccino und Kirsche-Banane-Orange, das rote im weißlich-gelben träge zerschlierend. Auf einem Brett unterhalb der Fenster lagen Flyer, Visitenkarten, Exemplare der Village Voice, die Harold Brodkey auf ihrem Titelblatt hatte (war er jetzt gestorben?), und ein Stapel Flugblätter, von dem ich eins nahm und uns beiden vorlas: MORE GARBAGE, FEWER YUPPIES! FEWER YUPPIES, CHEAPER RENT! Es ging um den Bau einer Müllverbrennungs- (oder -verwertungsanlage), die in Williamsburg zur Debatte stand, anstelle eines Parks, den die Bewohner und ihre Kinder dringend benötigten, mit einer unheilvollen Koalition von Bürokraten in Albany, dem Gouverneur des Staates, *capitalists at USA Waste* konfrontiert – Scylla und Charybdis, denn eine Grünfläche wäre gut nur für die, die nach ihrer Eröffnung die Mieten eines gehobenen Umfeldes noch zahlen könnten, *make no mistake about it, you »green« do-gooders: Williamsburg has traditionally been an industrial area of the City, a literal dumping ground for the heavy industries and commercial operations that the bourgeoisie and its government did not want in Manhattan. And so Williamsburg has long been a place in which poor and working-class people have been able to find affordable housing, precisely because the members of the bourgeoisie have traditionally been loathe to live among »their« factories and the pollution »their« factories produce. Because immigrants are often poor, and because racism and religious intolerance are among the most effective tools by which class society maintains itself, isolated Williamsburg has also been an ethnically diverse area. There are large and vibrant communities of Poles, Hassids, Puerto Ricans, African-Americans and Dominicans living in this area. Despite being politically powerless and economically poor, Williamsburg has long been rich socially…*

Gezeichnet von einer *Psychogeographical Association,* von der wir noch nie etwas gehört hatten, und in Großbuchstaben der *WORKING CLASS OF WILLIAMSBURG,* endete der Text, wie er überschrieben war, mit der Parole vom Abfall, der die Yuppies vertreibe und infolgedessen die Mieten unten halte. Ob Leute wie unsereins jetzt auch explizit gemeint seien, fragte Sarah, worauf ich keine bestimmte Antwort wusste, wahrscheinlich ja, sagte ich, obwohl die Autoren offen lassen, für was sie sind, Grünanlage oder *garbage-processing facility*, am besten vermutlich, alles bleibt, wie es ist. Als säße man wie immer zwischen den Stühlen, weder auf die eine noch die andere Seite gehörend, musste man doch zusehen, wo man unterkam, schließlich, sagte ich, vertreiben wir niemanden, sondern werden selber verjagt, wenn der Run über den Fluss erst mal einsetzt. Dann könnten wir uns gleich weiter im Osten etwas suchen, sagte Sarah, dieses Umherziehen *rechts von uns tauchte der Doppelkegel des Vesuv aus dem Glast des warmen Nachmittags, erhoben sich aus der sanft geschwungenen campanischen Landschaft die beiden durch einen Sattel verbundenen Kuppen des ruhenden Vulkans, sein Vater, erzählte Edoardo, hätte den letzten Ausbruch in den vierziger Jahren als Jugendlicher noch erlebt, aber der sei nicht so schlimm gewesen, keine Bedrohung für die Stadt. Er würde ab hier weiterfahren, sagte er, wir sollten die Plätze tauschen, denn ich sei mit dem Verkehr nicht vertraut, lass mich ans Steuer: im Ton einer dringlichen Bitte* ewig sich von Ort zu Ort, von Wohnung zu Wohnung zu bewegen, seitdem man fortgegangen ist, eine wachsende Zahl von Dingen im Schlepptau, Bücher und Schallplatten, CDs und Disketten, die augenblicklich im Keller eines Freundes zwischengelagert sind, im angemieteten Sperrholzverschlag einer Spedition (Zapf-Umzüge, Köpenickerstraße), auf Evelins Kammerboden neben einem Ordner mit Zeitungsartikeln haufenweise eigenhändig beschriftetes Papier, von dem man sich nicht zu trennen vermag, alphabetisch in entsprechende Kästen einsortierte Karteikarten aus der vorelektronischen Zeit, halbvergessenes Wissen, Magisterarbeit und Dissertation (»kann man nicht mehr von einem poetologisch verbindlichen Standpunkt ausgehen, sondern hat es mit einer Reihe eigenständiger literarischer Versuche zu tun, die Kontingenz des Alltäglichen zu begreifen und in Worte zu fassen«). Sagte sie: ich bin müde, fahren wir zurück, komm, wir nehmen das Apartment von Amanda und Gregor, danach können wir weitersehen *Edoardo haute die Gänge rein, als hätte das Auto keine Kupplung, oder als würde er auf sie verzichten, sei sie ihm auf dem letzten Stück der Reise im Weg wie eine mechanische Zumutung*

sich mehr und mehr verschachtelnde, ineinander übergehende Räume, Zimmer, die man irgendwann bewohnt hatte, man sah raus auf einen Kanal, eine Brandmauer, das Meer, einen vom Hauswart sorgsam gepflegten Garten im Hinterhof (Gartenzwerge am Rand der Beete), die vorbeifahrende S-Bahn (kaum eine Armlänge vom Küchenfenster auf der Flensburger Straße entfernt, so dass man die Gesichter der Leute in den Wagen deutlich erkennen konnte, frühmorgens ihre mürrischen oder gleichgültigen Mienen, wurden sie nicht durch die Balkenüberschriften der Zeitungen verdeckt), sah einen Weihnachtsmarkt in Rom, für Monate die Leuchtreklame des Bierhimmel in Kreuzberg, in einem Winter in der texanischen Hauptstadt Austin die leeren Holzveranden der Häuser längs Newning Avenue, die Tafeln der Neighborhood-Watch (nachts sind unsere Wachhunde los), hörte nächtens das Grölen der Gäste dieses russischen Lokals, die bis auf die Neue Kantstraße hinaus weitersoffen, sich bis ins vorbestellte Taxi hinein die Kante gaben, Flaschen und Gläser zersplitterten – in der Milchglasscheibe eines Bades zwei Stockwerke darüber schemenhaft ein fickendes Paar (auf der Waschmaschine oder dem Trockenautomaten), erblickte eine Wiese, ein Sägewerk, den Versammlungsplatz eines Freiburger autonomen Zentrums, den Genossen Hans Peter, der die Menge von einem Stuhl aus gegen den internationalen Währungsfond in Anschlag brachte, die Machenschaften der Herrschenden,

möblierte Zimmer und leere, in Eigentumswohnungen und Mietskasernen, im Obergeschoss einer Villa Mies van der Rohes, in deren weitläufigem Parterre Astrids Großmutter und ihre Hausdame lebten, mit Fluchten von großen Fenstern, die sich auf eine abschüssige, kurz geschnittene Rasenfläche hin öffneten, Bilder von Marc Tobey an den Wänden, ein winziger Klee, wie sonstwo Poster und Fotografien, die einstmals modischen Setzkästen, Stundenpläne und Gewürzregale, entfaltete Kinoprogramme, Druckgrafiken in Wechselrahmen, Sachen, die einem fremd waren oder die man im Gepäck hatte seit vielen Jahren, um sie in neuen Räumen wieder aufzuhängen, neben dem Bett (einer Matratze auf dem

Boden, einem Futon, einer Klappliege, Schlafsack und Schaumgummimatte), vielleicht überm Schreibtisch, so dass man sie beim Arbeiten stets sehen konnte, wenn man wollte, einen blaustichigen Schnappschuss der Oranienstraße im Morgengrauen, eine Kunstpostkarte, die ein Gemälde Jean-Michel Basquiats zeigte, aus einem Magazin geschnitten das Porträt eines verehrten glatzköpfigen Denkers im Rollkragenpullover. Schlüsselreize und Stilfragen, etwas zum Dranfesthalten, Glücksbringer. Die steckte man bei jedem Umzug zwischen zwei stabile Pappdeckel und gab sie nicht aus der Hand, bis man angekommen war, selbst im Flugzeug nicht, als die Stewardess das Essen brachte und der Bequemlichkeit halber vorschlug, sie solange im Gepäckfach oder unter dem Sitz zu verstauen, das geht schon, sagte man, ist kein Problem (es heilt eine Berührung oder ein Blick, ein Wort, eine Silbe, der Klang einer Stimme). Ob das von Basquiat sei? fragte Sarah, eine seiner geheimnisvollen Tafeln, Totenköpfe und Hieroglyphen, und diese Straße hier, eine Erinnerung an Berlin? Die habe Tilmann fotografiert, erklärte ich ihr, einer meiner ältesten Freunde, aber nicht allein deshalb würde ich die Aufnahme mögen, sondern weil… *because?*… schwer zu sagen, sich in einem rauschhaften Moment perfekt kreuzende Linien *ihn zu erleben vor Schmerzen zu stöhnen* die Teile eines Puzzles. Vorlage unbekannt *der kleine Kellner aus der Bar Aegidius* Ergebnis zu diskutieren *an der Piazza Amendola, der eine viel zu große weiße Bedienerjacke mit umgeschlagenen*

Ärmeln trug, beziehungsweise kein Kellner, sondern eine Art Laufbursche, der auf einem Blechtablett Kaffee in Plastikbechern über die Straße in umliegende Büros und Ladengeschäfte brachte, leere Flaschen und Gläser einsammelte, die draußen vor der Tür trinkende Gäste auf einem der mehrspurig die Fahrbahn zuparkenden Autos, einem Fenstersims oder dem Bürgersteig abgestellt hatten, machte irgendwann einmal vor mir halt – ein kaum zehnjähriger Junge – und musterte mich eindringlich, als überprüfe er einen Gedanken, der ihm schon seit einiger Zeit durch den Kopf spukte, um dann etwas für mich Unverständliches in seinem Dialekt, dieser merkwürdig dahingenuschelten und zugleich theatralisch gedehnten Sprache der Bucht zu sagen, das bei Edoardo und den anderen Schmunzeln hervorrief, lautes Gelächter, als er nämlich auf die Nachfrage Fillipos hin im treuherzigen Ton eines Kindes wiederholte, ich sähe aus wie Graf Dracula, müsse es selber sein oder sein Zwillingsbruder (übersetzte man mir glucksend), und er habe Angst, wirkliche Angst, ich würde ihm sein Blut rauben wollen. Edoardos pädagogisch-geografische Erläuterung, Dracula käme aus Rumänien, fern im Osten, ich aber aus Germania – verstehst du, Kleiner, ein ganz verschiedenes Land –, schien ihm nicht einzuleuchten, denn fortan schlug er einen weiten Bogen um mich und die Gruppe, die neben dem Eingang stand, Agnése noch, eine der beiden Schwestern Edoardos, die andere studierte etwas mit Design in Urbino, Filippo, ein arbeitsloser Architekt und ehemaliger Schulkamerad, der vollgeballerte Dario und seine französische Freundin Marina in einem schamlos kurzen Kleid, unter dem sie laufmaschige schwarze Strumpfhosen anhatte, Umberto Manfredi aus Torre del Greco, wie er mir vor-

gestellt wurde, als wäre der Ort besonders erwähnenswert, und sein Schatten Paolo Vighetta von der Via Petrarca, der ihm nicht von der Seite wich, alle ungefähr meines Alters. Die Bar Aegidius hatten wir in der Stadt zuerst angesteuert, das heißt Edoardo, der den Wagen zielsicher durch das Gewühl überfüllter Straßen lenkte, eine nachmittägliche Konfusion von Maschinen und Menschen und blinkenden Zeichen, die auf keiner Ebene eine Möglichkeit der Verständigung, eines rationalen Austauschs zu finden schienen, sondern in jedem Augenblick jede Situation neuerlich klären mussten, hupend und fluchend und schimpfend und drohend und schreiend (stronzo, minchia, imbecille, pazzo, cazzo, puttana madonna, ricchione, fammi un bucchino, troia, cosa fai, idiota?, ma perche?, vaffanculo), in einer Form geschmeidiger Rücksichtslosigkeit, die fast schon bewundernd (wenn auch Obszönitäten ausstoßend) hinnahm, dass jemand anders cleverer gewesen war, sich in eine Lücke gedrängt, einen selbst aus der Spur geworfen hatte (versuch mal, in Neapel eine breite, viel befahrene Straße zu überqueren, das von Abgasen umnebelte Tunnelloch der Galleria della Vittoria, entweder wartest du bis ans Grab oder du marschierst erhobenen Armes einfach drauflos in den dröhnenden Verkehr, um das praktisch Unbegreifliche zu erleben: die halten tatsächlich an, lassen dich auf beiden Seiten der Betonbarriere passieren, als gingst du schlafwandelnd durch die sich teilenden Fluten des Roten Meeres – und das ist mehr oder weniger eine Autobahn –, erreichst das jenseitige Ufer ohne Schramme oder Schrecken). Nach ein paar Bieren, deren Wirkung die im Lauf des Tages geschluckten Tabletten neutralisierten ich kriege so schlecht Luft, sagte er, in meinem Hals ist alles wie wund *brachen wir wieder auf, eine Kassette der Beasty Boys im Recorder von Nils' Citroen, am Meer entlang Richtung Posillipo*

Schlafen gehen jetzt, vielleicht vorher im Meow Mix vorbei, um ein Glas zu trinken, ein paar Worte mit Sarah zu reden. Das sind ungefähr anderthalb Stunden Fußweg von der Bibliothek aus (aber es ist schön, spätabends im Sommer durch die sich langsam leerende Stadt zu laufen), den Broadway und dann die Bowery hinunter bis zur Houston Street, wo man für die letzten fünf oder sechs Blocks nach links abbiegt. Um Mitternacht schließt Saint Mark's Books hinter dem trutzigen Gebäude der Cooper Union, schafft man es rechtzeitig, könnte man noch einen Blick auf das Regal mit den Neuerscheinungen werfen, ein bisschen rumstöbern in einem der besten Buchläden der westlichen Welt, der von Adorno bis Deleuze alles vorrätig hat, von Rilke bis Simic und Murray, Mike Davis und Henry James, Elizabeth Bishop und Saskia Sassen (zu klauen verbietet sich dort, im Gegensatz zur fast benachbarten Barnes & Noble Filiale am Astor Place), dazu Zeitschriften in Hochglanz, neben denen hastig zusammengeleimte Verwirrtheiten aus dem häuslichen Drucker liegen, Ufologie und Strahlungskatastrophen, holistische Lyrik, Traktate gegen die immer bedrohlicher werdende Macht der Geheimdienste, MI 6 und CIA.

Das Geschäft ist angenehm klimatisiert, ist eine wahre Erholung, wenn man es von draußen, durch die

Luftschleuse einer Doppeltüre betritt, gedämpfte Stimmen, zuweilen das leise knisternde Geräusch druckfrischer, erstmals aufgeschlagener Seiten, der Ton der Schritte, die sich unweigerlich in der Abteilung für Literatur verlieren, im rechten Flügel des ungefähr wie ein Y geschnittenen Raumes (davor Gesellschaftstheorie und bildende Kunst, flexible Akkumulation und prekäre Beschäftigungsverhältnisse, ein Katalog mit den Arbeiten Mike Kelleys). Buchrücken reiht sich hinten an Buchrücken, Romane, Novellen und Erzählungen, alphabetisch geordnet vom A links oben unter der Decke bis zum Z rechts unten am Boden (es gibt nicht viele Autoren, deren Name mit dem letzten Buchstaben beginnt, wie Worte überhaupt), so dass man sich bücken oder manchmal auf einen runden Metallschemel steigen muss, um einen Titel herauszuziehen, aus diesem oder jenem Grund, will einen ersten Satz, den man kennt, mit dem Klang seines Gegenübers in der anderen Sprache vergleichen, ob man auch auf Englisch weitergelesen hätte, was einem auf Deutsch mal wichtig gewesen ist, die Geschichte einer Verleumdung, einer unrechtmäßigen Verhaftung durch die Beamten einer mysteriösen Behörde, die morgens gegen acht plötzlich im Zimmer stehen.

Schuldlos gefangen zu sein, angeklagt, ohne zu wissen warum – nichts schien bildhafter die eigenen Empfindungen auszudrücken, des Schülers, der sich zum Unterricht schleppte bei Lehrern, die er nicht ernst nehmen konnte, unlustig algebraische Kürzel von der Tafel in sein Heft übertragend, Sigmas und seltsame Klammern, geologische Formationen, physikalische Gesetze. Hör mir mit so was auf, sagte der Vater, als wir sonntags in einem Restaurant essen waren, da muss man durch, und sei es mit zusammengebissenen Zähnen. Oder willst du etwa nicht studieren? Ist doch die Voraussetzung für alles Weitere, wenn man mich heute fragte, sofort, aber ich musste damals Geld verdienen, und außerdem gab es niemanden, der mich hätte unterstützen können. Mensch, reiß dich am Riemen, die läppischen zwei, drei Jahre *eine Kette von dicht bebauten Hügeln und Anstiegen umschloss die lang gezogene Kurve der Bucht, deren breite, als Rennstrecke missbrauchte Uferpromenade mit Wellenbrechern aus weißlichgrauen Felsbrocken gegen die im Winter stürmische See befestigt war* man kann sich das nicht immer aussuchen, fuhr er fort, sich eine Players anzündend – ich drehte meine Zigaretten selber –, du machst die Schule zu Ende. Jetzt trinken wir noch ein Bier und vergessen die Dummheiten. Ich schwieg, trank das Bier, aß den Nachtisch. Keineswegs aus Gehorsam entgegnete ich nichts, sondern weil ich ihm eine schwere Enttäuschung ersparen wollte, dachte, er hätte gerade Sorgen genug (wenn er abends aus dem Wohnzimmer noch mit Kunden oder einem Lieferanten telefonierte, hörte sich seine Stimme oft ungut an, wechselte ihre Farbe mitten im Satz, als reagierte sie, das heißt er, auf ein bloßes Ja oder Nein in der Leitung, die Bestätigung eines Auftrags oder seine Stornierung, Verzögerungen, den einsilbigen Umsturz lang gehegter

Pläne); später saß er mit dem Handelsblatt vor dem Fernseher, wobei sein Blick unaufmerksam hin und her wechselte, von der Zeitung zur Mattscheibe und wieder zurück, Nachrichten aus der Textilbranche und Kennzeichen D, indes ich am Bücherschrank stehend ihn beobachtete, irgendwas Klassisches suchend, über das ich mein monatlich fälliges Deutschreferat halten könnte (wenigstens mal reinschauen und durchblättern, bevor man den Text in der Stadtbibliothek aus Kindlers Literaturlexikon abschreibt). Vorhanden war einiges, Werther und Anna Karenina und Auferstehung, Fiesta, Die Nackten und die Toten und Homo Faber *der Vesuv lag hinter uns, gelegentlich tauchte er im Spiegel an meiner Wagenseite rötlich über den Hausdächern auf (sein Sattel zwischen den beiden stumpfen Gipfeln des eingebrochenen Kraters), wie gebrannter Ziegelstein von der Abendsonne mit einer schimmernden Glasur überzogen* eigentlich eine ganz gute Auswahl, die da auf den Regalbrettern stand, Ansichten eines Clowns und Der Fremde, Felix Krull und Schlussball und Ekel, wenn auch nur Sachen, die bis in die sechziger Jahre hinein erschienen waren und nichts Neues (außer Geschenken von mir zu Weihnachten oder zu seinem Geburtstag), als sei es vor allem Gerlinde gewesen, die die Bücher gekauft und gelesen hätte (denn gelesen waren sie größtenteils, vier- oder fünfhundert Stück), ob nun aus Interesse, einer Liebe zur Literatur oder schlicht und einfach, weil sie als junge Lehrerin sich verpflichtet fühlte, auf dem Laufenden zu bleiben, Tendenzen der

Zeit und widersprüchliche Meinungen – man weiß es nicht, es ist nicht mehr festzustellen *in Windungen führte die Straße bergan, das Zentrum der Stadt verlassend, links sah man ab und zu in der Tiefe das Meer, zu dem Treppen durch die Gärten großer, villenartiger Häuser hinunterführten, Pinien und Kakteen hinter schmiedeeisernen Gittern, privates Gelände, rechts hohe alte Stützmauern mit Rundbögen, die Erdrutsche verhindern sollten, Betonpfeiler und krude Betonwände als die aufragenden Fundamente weiter oben an den Hang gekrallter Bauwerke, Apartments mit Fernsicht über den Golf und seine im Dunst verschwimmenden Inseln* jetzt nicht mehr festzustellen, kein überlebender Zeuge vorhanden und nur wenig schriftliches Material, das sich verstreut in Schubladen und Koffern fand, ein Dutzend Briefe, eine Urkunde der pädagogischen Hochschule, ein Bündel Seminararbeiten (»Erkenntnisse der modernen Psychologie in Freizeit und Unterricht«), sowie in manchen Büchern ein feiner Bleistiftstrich, ein schräges Kreuzchen oder ein Ausrufezeichen an einer Stelle, die sie (und wahrscheinlich nicht er) für bedeutsam gehalten hatte. Um etwas zu lernen daraus vielleicht, oder weil es eine poetische Formulierung war *am Straßenrand ein Hund, dessen Schnauze in einem aufgerissenen schwarzen Müllsack steckte* welche sie ihm eines Abends vorlas, sich eine zärtliche Antwort, eine Versicherung ihrer Gefühle erhoffend. Dass die Wahl, die man getroffen hat, nicht falsch gewesen ist, als würde ein Kopfnicken, ein Lächeln, die Berührung der Haut mit den Fingerspitzen jeden möglichen Zweifel *Edoardo bog nach links in einen schmalen abschüssigen Weg ein, der seitlich überwachsen war vom Geäst in der Böschung wurzelnder Sträucher, krüppliger Bäume* ausräumen können, man bliebe zusammen durch alle Schwierigkeiten hindurch, ergänzte sich, und der eine gäbe dem anderen, was ihm fehlte *bis wir vor ein Tor kamen* hätte ihm alles gegeben, wenn nicht das Schicksal *das den Zugang zu einem weiß getünchten zweistöckigen Haus versperrte. Tippte man die richtigen Zahlen auf einer neben der Gegensprechanlage im Mauerwerk sitzenden Tastatur ein, öffneten sich die kunstgeschmiedeten Flügel wie von Geisterhand und schlossen sich ebenso wieder nach jener kurzen Zeitspanne, die ein rollender Wagen zur Durchfahrt braucht. Wäre seit dem Terrorismus installiert, sagte Edoardo, der mein Erstaunen wohl bemerkt hatte, auch eine Alarmanlage, die sei aber mittlerweile defekt, sei ausgeschaltet, weil sie nachts oft grundlos geheult habe, und außerdem brauche man das nicht mehr; um seinen Vater zu schützen als einen Abgeordneten der sozialistischen Partei.*

In dessen Arbeitszimmer im ersten Stock, das wir betraten, als er mich durch die Räume führte – inzwischen bereitete eine Frau Rosa ein Essen für uns, sonst war niemand daheim –, stand eine Galerie gerahmter Fotos auf dem Schreibtisch, die immer denselben gedrungenen, weißhaariger werdenden Mann zeigten in Gesellschaft von Olof Palme, Willy Brandt, Fidel Castro, Salvador Allende, François Mitterrand, sich zutrinkend, umarmend, auf einer Tribüne die Fäuste ballend unter einem spanischsprachigen Spruchband, pueblo unido … Die dokumentieren seine fortschrittliche Gesinnung, sagte Edoardo, fehlt nur noch das Schwein Craxi, gehen wir weiter, sonst muss ich kotzen, wir stiegen über ockerfarben gekachelte Stufen aufs Dach des riesigen, von seinen Großeltern in den dreißiger Jahren erbauten Hauses, wo man von einer Terrasse aus die lichtfunkelnde Silhouette der ganzen Stadt überblickte, die Küstenlinie, in den Hafen einlaufende Schiffe, die Bergrücken im Hintergrund bis zu den beiden Vulkangipfeln am anderen Ende der Bucht – als sei es ein Bild aus einem Reiseführer, das ein Computerprogramm manipuliert hat.

Nach dem Essen gingen wir zum Kiffen nach draußen, spazierten den Hohlweg hoch, den wir gekommen waren, liefen dann durch einen Park auf der flächigen Kuppe des Hügels von Posillipo (Quartier alter Familien und neuen Reichtums, Politiker und Camorra, Anwälte und Finanztypen: wurde mir erklärt, kaum besser könnte man in Europa irgendwo wohnen: dachte ich), den eine gerade, durch einen Grünstreifen in zwei Spuren geteilte Zufahrtsstraße erschloss. In der Dämmerung reihte sich dort längs des Bordsteins Wagen an Wagen, Fiats und Lancias, Renaults und VWs, deren Fenster mit Zeitungsseiten verklebt waren, das Pflaster zu unseren Füßen übersät mit zusammengeknüllten Papiertaschentüchern und schlaffen Parisern, rhythmisch wackelnd die Karosserie eines Jetta. Edoardo hob die Schultern und grinste mich an, sagte halb entschuldigend, dass die sonst nicht wüssten wohin, entweder sei es zu beengt oder die hätten erst gar keinen eigenen Platz, selbst Verheiratete oft. Was mir eher peinlich war, ich bin kein Spanner, noch möchte ich für einen gehalten werden, schien ihm nichts auszumachen – und sicher sah er das Schauspiel nicht zum ersten Mal, ein unter den Bewegungen der Liebe schau-

kelndes Auto mit zugeklebten Scheiben, eins neben dem anderen, die ganze Allee herunter, bis wir endlich abbogen zu der Stelle, die er beim Nachtisch vorgeschlagen hatte als ideal, um eine Tüte zu rauchen, uns auf ein Geländer stützend, hinter dem es bergab ging in die nächste, der Stadt benachbarte Bucht; landeinwärts erstreckte sich unten ein weitläufiger, aus Hallen und Kühltürmen und brückenartigen Kränen bestehender industrieller Komplex, den in der nun sehr plötzlich eingefallenen Dunkelheit ein Gitter schwach erleuchteter Wege durchzog, gelbstichig die Sockel der Anlagen umfließend, die darüber wie monströse Schattenrisse in den bestirnten Nachthimmel aufragten. Links dehnte sich die schwarzblaue Oberfläche des Meeres, unregelmäßig glitzernd zwischen zwei toten Piers, deren lange Arme irgendwo draußen im Nichts versanken. Schön, was?, sagte Edoardo, und reichte mir den Joint (das alte, zum Abwracken bestimmte Stahlwerk von Bagnoli), vor allem, wenn man gut zugeraucht ist. Würde man nicht erwarten, sagte ich, ich meine, so ein Ding in so eine Bucht reinzuhauen. Pah, sagte er, um Subventionen zu kassieren, reißen sie auch das Kolosseum ab, aber auf Dope bin ich gerne hier, nachts,

als seien wir damals immer erst gegen Abend los, die Tage auf der Terrasse oder im Garten verdösend,

ein Gewirr von Gassen, die sich wie tiefe Stollen zwischen die verwitterten Häuser gruben, fast ohne Licht, die Fensterläden verriegelt, labyrinthisch sich für mich ausbreitend am Hang des Kastells von St. Elmo, das von starken Scheinwerfern angestrahlt hoch oben über der Stadt thronte

Die Sperrung der Straße für den motorisierten Verkehr ist wieder aufgehoben, die Unglücksstelle muss jetzt hinter mir sein, eine verkantet in ihren Laufschienen hängende Aufzugsplattform, Wagen rauschen vorbei, rote Punkte und Balken tanzen federnd vor meinen Augen Richtung Süden *allein schon Edoardos Idee, ausgerechnet Dario könnte das Geschäft in die Wege leiten, war absurd, ihn verband mit den Handelsquellen nichts als sein persönlicher Konsum, der dazu sich auf Stoffe beschränkte, die für uns nicht in Frage kamen (neben der wöchentlichen Ration Morphium, die er sich beim Gesundheitsamt – oder wie das auf Italienisch heißt – mit seinem Abhängigenausweis holte). Tretet ein, sagte er förmlich und bat uns in das Zimmer, das er bei seiner Mutter, die uns misstrauisch geöffnet hatte, in einer düsteren Flucht von Räumen bewohnte, die Tür gesichert durch ein Zylinderschloss, das nachträglich eingebaut worden war, kreisrund ins Holz gesägt, um zu verhindern, dass sie während seiner Abwesenheit sich drinnen zu schaffen machte, die pulvergefüllten Briefchen suchte und fand und über der Closchüssel entleerte* nie mehr aufhören zu gehen

Als ich gegen siebzehn Uhr aus der Staatsbibliothek nach Hause komme, ist die Stimme Janas auf dem Anrufbeantworter, bestürzt sagt sie, es sei Krieg jetzt, es sei nicht zu fassen. Sofort schalte ich das Radio ein, in dem der DLF läuft, doch werde ich aus den Worten des Moderators nicht klug, er spricht immer nur von der Katastrophe, dem Terror bisher nicht bekannten Ausmaßes, der die Vereinigten Staaten ins Herz getroffen habe, es fallen die Namen der Städte Washington und New York, und es hört sich für mich an – mit der Nachricht Janas im Hinterkopf –, als seien dort nukleare Sprengsätze explodiert. Was denn nun? frage ich mich, halb ärgerlich über seine Unfähigkeit, das Geschehen bündig zusammenzufassen, während im selben Moment eine große Angst in mir hochsteigt, das Gefühl, es habe sich etwas ohne Vergleich ereignet. Ich wähle Kathrins und Karins Nummer in NoHo, wieder und wieder: Freizeichen, Besetztzeichen, Piepston, schriller Heulton (wie bei einem quietschenden Modem), rasselndes Schnarren (bin durchgekommen, aber niemand hebt ab, auch der AB springt nicht an, das ist unmöglich), eine amtliche, synthetisch klingende Stimme, die in einer Schlaufe mitteilt, man käme derzeit nicht durch nach Manhattan, Besetztzeichen, eine zweite künstliche Stimme, die einen Tornado verantwortlich macht für die gestörte Verbindung.

Das Fernsehgerät steht in der Kammer, die einmal das Außenclo der Wohnung vor ihrer Sanierung war, rausholen, runterbringen, Kabel einstecken, Knopf drücken, und es sind auf allen Kanälen plötzlich Bilder zu sehen, die man nicht glaubt, gigantische Staubwolken, einstürzende Wolkenkratzer, Boeing-Flugzeuge, die in Hochhäuser rasen, in Panik wegrennende Menschen, wie von einer klebrigen, weißgrauen Puderschicht bedeckte oder bestäubte Rettungskräfte, Polizisten und Feuerwehrleute, die sich in das Inferno stürzen, um noch irgendwen rauszuholen, wagemutig ihnen nacheilende Passanten,

das Pentagon brennt,

wie Puppen segeln Verzweifelte, die sich aus den Fenstern gestürzt haben,

knallen im Flug vor die Fassade,

rotschwarz leuchtende Feuerbälle aus Kerosin,

das eine Flugzeug durchbricht das Gebäude wie nichts, Stahlteile und Betonbrocken wirbeln durch die Luft,

es stürzt alles zusammen,

ich wähle und wähle die nullnulleins: zweieinszwei: vierachtfünfdreifünfsieben, das Apartment liegt nicht mehr als anderthalb Meilen entfernt, dann denke ich in einem klaren Augenblick, dass die beiden keinen Grund hatten, morgens um neun da unten zu sein, weder arbeiten sie im Finanzdistrikt, noch sind sie Touristinnen, die ausgerechnet heute auf die Panoramaterrasse hochwollten, vor Jahren einmal sind wir oben gewesen,

due to heavy calling your call cannot be completed at this time,

ein riesiges Loch, aus dem anthrazitfarbener Rauch quillt, klafft in einem der Türme, als sei ein Meteorit eingeschlagen, ein Objekt von der Größe eines mehrstöckigen Mietshauses, als sich von hinten in einer absinkenden Kurve eine Verkehrsmaschine nähert, die seitlich in den anderen einschlägt, sich wie ein Hartmantelgeschoss durch weiches Gewebe bohrt,

oh my god, oh my god, schreit eine Frau, schreit ein Mann,

wie ein Fahrstuhl, dessen Halteseile schließlich gerissen sind, sackt der erste Tower zu Boden, eine grau in den Straßen sich ballende, sich überschlagende Flutwelle von mehlig pulverisiertem Beton erzeugend,

dann der zweite,

wer hat das getan? Terroristen? eine beispiellose Terrorattacke, sagt ein Sprecher, gegen acht Uhr fünfundvierzig Ortszeit steuerte eine zuvor in Boston entführte Boeing der American Airlines direkt auf das Wahrzeichen Manhattans zu,

bizarr die beiden wie überdimensionale Schornsteine qualmenden Stelen,

das Pentagon gleicht einer brennenden Torte, aus der man ein Stück herausgebrochen hat, Hubschrauber, Feuerwagen, Jeeps,

oh my god, oh my god, schreit eine Frau im Innern der Bilder des Fernsehgeräts,

due to heavy calling your call cannot be completed at this time,

der Südturm fällt in sich zusammen, Schnitt, dann der andere,

als hätten sie Poren – aber das sind die geborstenen Fenster –, die verdrehte, schwarzgrau hochsteigende Dampfsäulen ausschwitzen, dazwischen winken kleine Menschenfiguren mit Tüchern und Kleidung um Hilfe, springen einfach in die Tiefe, ich schalte weg, das ertrage ich nicht zu sehen,

wahrscheinlich habe ich kurz das Wählen bleiben lassen, denn es klingelt das Telefon in meiner rechten Hand, Tilmann, der nur hallo, hier ist Tilmann sagt, schweigt, als müsse ich weiterreden, Stummheit in der Leitung, bis ich fragen will: Hast du…

Kathrin und Karin sind okeh, unterbricht er mich, ich hab sie schon gesprochen,

wann?

heute Mittag, ich war gerade beim Fahrradputzen,

was?

ich habs Fahrrad geputzt, und dabei lief die Glotze … und… dann haben sies Programm unterbrochen für die ersten Meldungen, und ich hab sofort angerufen (als würde er, wie man es von ihm kennt, in Erstaunen oder Ungläubigkeit seinen Kopf schütteln) … also … die zwei waren gerade beim Frühstück, die hatten noch gar nichts mitgekriegt,

nichts mitgekriegt? Ich meine, die wohnen praktisch ums Eck,

absolut nichts, aber die sind okeh, ich hab denen geraten, sich Lebensmittel zu kaufen, irgendwas auf Vorrat, was man im Notfall noch brauchen könnte.

Das muss man doch hören, so einen Einschlag.

Die haben nichts gehört, Karin hat das Fernsehen angemacht, und dann haben sie das überhaupt erst realisiert.

Und weiter?

Sie wollten mal runter auf die Straße,

wie bitte?

sich umgucken,

wann war das?

gegen drei, bei denen neun Uhr morgens...

Piepston, Heulton, verschiedene Ansagetexte, Besetztzeichen, rasselndes Läuten, ohne dass jemand abheben oder der Anrufbeantworter anspringen würde.

Horst erkundigt sich nach Kathrin, ich kann ihm keine Auskunft geben, versichere ihm aber, dass sie zum Zeitpunkt des Anschlags zu Hause gewesen sei, es könne nichts passiert sein, ein Freund habe bereits mit ihr telefoniert,

in einer absinkenden Kurve nähert sich ein Verkehrsflugzeug den Türmen und schlägt ein, zerplatzt in einem gewaltigen Feuerball,

eine Staubwolke wälzt sich rasend durch das südliche Manhattan, ein Orkan aus zerriebenem Glas und Stahl und Beton fegt alles hinweg, was im Weg steht,

oh my god, schreit eine Frau,

ich glaube, sagt Horst, die werden jetzt Afghanistan angreifen, überleg dir mal diese irre narzisstische Kränkung.

Die Kriegsmaschine, sagt Jana am Telefon, ich habe mich lange genug mit Kriegsmaschinen beschäftigt, molare Verkettungen. Nein, sage ich (und ich habe Sehnsucht, sie in den Arm zu nehmen), die bomben ein paar

Städte am Hindukusch zusammen, und dann ist es wieder gut (vielleicht kann die Liebe auch einfach sein, vielleicht ist das nicht immer so kompliziert).

Als ich endlich den Rechner einschalte und ins Netz schaue, finde ich eine Mail von Kathrin, um vierzehn Uhr eins östlicher Zeit teilt sie mir mit: lieber ulrich, falls du versucht hast, mich zu erreichen. es ist im moment nicht möglich. nur mailen geht. wie du siehst, leben wir. wahnsinn. wir stehen beide unter schock. waren gerade unten und haben die world-tradecenter-towers einstürzen sehen. total surreal. leute schreien und heulen auf der straße. und das pentagon brennt. alles liebe, k.

Ich schreibe zurück: liebe kathrin, habe den ganzen abend versucht, euch zu erreichen, ist aber unmöglich, gottseidank hat tilmann angerufen und mir bescheid gesagt, dass er mit dir gesprochen hat, und außerdem habe ich gerade deine mail gelesen. ich hoffe also, es ist alles ok mit euch, und ihr habt nichts abgekriegt bei dieser katastrophe, ein wahnsinn von dir und k, auch noch gucken zu gehen; hast du etwa auch noch fotos gemacht? (zuzutrauen wäre es dir)

ich bin wirklich schockiert, melde dich bitte weiterhin und sag mir, wie es dir, euch, geht. liebe grüße, auch an karin, u.

Fast postwendend erreicht mich ihre Antwort: lieber ulrich, ja, zuerst dachte ich, fotos machen wäre eine schande. und hab erst zwei stunden danach angefangen, dann war es einfach therapie. wir sind auch nicht in die nähe gegangen, hatten schlicht und einfach schiss. das ist zu groß, was hier passiert ist. leute liefen durch die straßen, schrien, andere heulten, einer, der nach vietnamveteran aussah, regelte völlig irr den verkehr. den verkehr, den es nicht mehr gibt, die straßen sind absolut leer.

alles fing (für uns) absurderweise mit einem anruf von tilmann an, der uns aufklärte, was los ist – wir haben es einfach nicht gehört (als ich unten stand und den tower zusammenbrechen sah, hab ich es doch sehr laut gehört, aber der lärm der stadt as you know schluckt alles).

wir haben den ganz tag ferngesehen und sind dann wieder runter auf die straße. die beruhigt wenigstens etwas, alles mischt sich, der schock mit der normalität, aber das macht den schock wohl aus.

wir hatten auch angst, weil ein arzt im fernsehen auf einmal was von biologischen waffen sprach, aber den haben sie gleich weggeswitched, wie sie alles wegswitchen, was panik verursachen könnte.

der wind war für uns ein riesen riesenglück. wir haben überhaupt keinen rauch abgekriegt, obwohl das unglück ca 700 m von uns passierte. das hättest du sehen müssen (ist einem eigentlich nicht zu wünschen), how das ding collapsed. waahhhhnsinn!

karin sagt gerade, dass die gebäude südlich der canal street alle evakuiert sind. meine güte. am sichersten sind wir hier in der wohnung. wir halten die fenster geschlossen und das fernsehen läuft. liebe grüße, k.

Als ich nachts um vier das Telefon abhebe, höre ich mit Kathrins Stimme zugleich das Geheul von Sirenen im Hintergrund, die Klimaanlage sei ausgeschaltet, erklärt sie, und sie hätten mal kurz das Fenster geöffnet. Immer noch führen pausenlos Ambulanzen und Polizeiwagen hin und her, und obwohl sie meist gar nicht bei ihnen vorbeikämen, sondern die Strecke über Broadway und West Broadway nähmen, erfüllten ihre Alarmgeräusche das Viertel total; seit heute Morgen, sagt sie, unablässig, auch Hubschrauber kreisten jetzt in der Luft. Ihnen gehe es aber gut (beantwortet sie meine wiederholte Frage), sie wären dieser Staub- und Dreckwalze um eben Haaresbreite entwischt. Das ist verrückt von uns gewesen, dass wir nach Tilmanns Anruf auf die Straße gegangen sind.

Und du hast die Türme echt einstürzen sehen?

Einen, dann sind wir weggerannt.

Wo ward ihr?

Nicht sehr weit, an der Houston Street, du kennst doch die Ecke

in etwa, wenn man vom Broadway nach rechts auf das Angelica Film Center zu abbiegt – anstatt nach links, würde man das Meow Mix zum Ziel haben und hätte nicht gedankenverloren den Abzweig die Bowery hinunter verpasst –, also am Angelica Film Center mit seinen vier oder fünf Sälen im Keller vorbei bis hin zu einer jener schmalen Straßen, die lotrecht nach Süden führen, wo sie in einer dunstigen Ferne abgeschlossen werden von verschiedenen Ansichten der beiden sich über die Dä-cher aller anderen Gebäude erhebenden Tower des Welt-handels. Trügt meine Erinnerung nicht, stehen da Was-serspeicher oben auf den Häusern längs der Houston Street, große zylinderförmige Behältnisse auf Eisen- oder Stahlgestellen (weil die Leitungen zu wenig Druck ha-ben), und bunt bemalte Fassaden sieht man, mit Werbe-motiven und Phantasiebildern geschmückte Brandmau-ern über den Spitzen jüngst eingepflanzter Schösslinge, eingegitterter magerer Bäumchen auf dem asphaltierten Streifen zwischen den Fahrbahnen

böge man indessen nach links in die Houston Street, wie Stefan es tun würde, nachdem er es versäumt hat, am Union Square den etwas kürzeren Weg über die Bowery einzuschlagen (in jener traumwandlerischen Stimmung, in die einen die nächtliche Stadt versetzt, hallenden Schrittes durch ein Gewirr dunkler leerer Gassen lau-fend, um bei einem gewissen Gennaro unverzollte Zi-garetten zu kaufen), befände man sich für einige Meter unter dem Neonlicht des Amoco-Zeichens, das zur Tankstelle auf dem Eck gehört, einem rotblauen Oval mit einer stilisierten Fackel in der Mitte, dessen heller Schein teilweise zusammenfällt mit dem einer darüber angebrachten Parkhausreklame: Left On Houston – OPEN 24 hrs: als weiße, von einem rotleuchtenden Pfeil umklammerte Schrift auf schwarzem Grund (während die andere Geschichte im selben Moment weitergeht, sich einfach in den Text der Gedanken hineinschiebt, als sei es ein ihr unveräußerliches Recht, nämlich wie dieser Gennaro, den Edoardo flüsternd ans Fenster gerufen hatte, aus dem dritten Stock eines schimmligen Hauses ein Körbchen herablässt, in das die abgezählten Lirescheine gelegt wurden, bevor er es wieder hochzog, um dann in gleicher Weise zwei Packungen der gewünschten Marke zu liefern); wendete man den Kopf, würde man gegenüber – die Rückwand eines fünfstöckigen Gebäudes einnehmend – das Logo von Donna Karan erblicken, in dessen vier Buchstaben ein Luftbild der Stadt montiert ist, wobei das K ganz ausgefüllt wird von der Freiheitsstatue mit emporgestrecktem Arm, bläulich schimmernd. An die Lower Eastside grenzend, ginge man, das heißt Stefan möglicherweise, auf jener Straßenseite nicht gerne, und zwar seit dem Vorfall im Mai, als ihm dort nachts ein Mann begegnete, der eine Ledermaske trug, die wie eine zweite Haut sein Gesicht bedeckte und es unerkennbar machte, hatte lediglich Sehschlitze und eine runde Öffnung für den Mund. Ihm fuhr ein solcher Schreck in die Glieder, dass er mit wackligen Knien und plötzlich wild hämmerndem Herzen stehen bleiben musste, und nach Luft schnappte, als sei es Hannibal Lector persönlich gewesen und nicht einer der zahlreichen, aber meist harmlosen gewöhnlichen Irren, die sich in der Dunkelheit herumtreiben.

lieber ulrich, jetzt schreib ich doch noch ne mail, bevor ich ins bett gehe. ist irgendwie hysterisch hier, auch ich hab vorhin mehl, zucker, salz und eier gekauft. und h-milch. und wasser abgefüllt. etwas verrückt, aber irgendwie hab ich gedacht, wer weiß, was als nächstes passiert. außerdem hat der wind gedreht, morgen werden wir uns atemmasken kaufen (müssen). vielleicht fahren wir einige tage raus, denn es nimmt alles immer düsterere züge an. aber das liegt natürlich auch daran, dass es nun nacht ist und neblig und stinkig (dieser zementstaub); und dass die houston street zur aufmarschzone für die rescue-troops wird. mal sehen, wie es weitergeht. bin völlig geschafft. alles liebe, k. (nächste woche zu kommen, ist quatsch, versuch deinen flug auf anfang, mitte oktober zu verschieben, k.)

und vorher wäre die Erzählung auch nicht zu Ende, als bräuchte sie, die der Anschlag unterbrochen hat wie man beim Lesen eine Seite verschlägt, die man auf Anhieb nicht wiederfindet, noch genau so viele Tage, um bis zu ihrem Schlusspunkt sich fortzusetzen, jener Stelle (dem Laden des Psychic Reader & Advisor ein paar Häuser neben der Nummer vierhundertneunundzwanzig), an der sie unweigerlich abbräche, weil das Folgende in einen anderen Zusammenhang gehörte (ein anderes Buch mit einer anderen Geschichte), als sich kreuzende Spuren aus einer bestimmten Vergangenheit und einer bestimmten Gegenwart, im Kopf herumvagabundierendes Material, Fetzen von Bildern, Empfindungen: was sich abspielt während eines Nachmittags und Abends zwischen Public Library und East Village, zwischen einer schon seit Wochen dauernden Suche nach Namen und Begebenheiten in Taufregistern und Pfarreichroniken des frühen neunzehnten Jahrhunderts, der Vorführung eines Films unter freiem Himmel in dem kleinen Park hinter der Bibliothek und dem sich anschließenden Heimweg durch die nächtliche Stadt, der infolge eines spontanen Entschlusses – oder vielmehr einer Art Laune, die zurückgeht auf einen kaum bewussten Verdacht – noch an der Kneipe vorbeiführen wird, in der Sarah außerplanmäßig die Schicht einer Kollegin übernommen hat, etwa einen Kilometer von der Kreuzung des Broadway mit der Houston entfernt. Vermeiden würde jeder die rechte Straßenseite, dieses schwach beleuchtete Stück längs des Roosevelt Parks, wo sich des Abends offenkundig Leute treffen, die auf härtere Sachen stehen, maskiert wie im Film, einem im ersten Augenblick einen ziemlichen Schock versetzend. Tief in den Zellen gespeicherte Bilder, die automatisch Reflexe hervorrufen, einen Ausstoß von Adrenalin, Flucht oder Angriff (manchmal Lähmung, ein sprachloses Entsetzen).

Magst du nicht zu mir kommen? sagt Jana, wir können Musik hören und Kakao trinken.

Echten Kakao?

Sie lacht. Natürlich, ich koche uns Kakao und wir hören Musik. Du darfst dir etwas wünschen.

Nirvana, sage ich.

Welche CD?

Wo Teen Spirit drauf ist.

Willst du das echt hören?

Meinst du, ich mache Spaß?

Dass eine Band spielt auf der kleinen Bühne, die nichts weiter als eine Stufe, ein stufenhohes Podest hinten im Raum ist, kriegt man schon vor der Türe des Meow Mix mit, dumpf scheppern Schlagzeug und Bass und Gitarre durch die Wände nach draußen, durch die herabgelassenen Jalousien vor den Fenstern. Um den Eingang stehen einige junge Leute, sitzen ans Haus gelehnt auf ihren Fersen, scheinen nicht zu wissen, ob raus oder rein. Ein schönes langhaariges Mädchen hat eine erloschene Zigarette (oder einen dünn gedrehten Joint) im Mund, auf ihrer Schulter der Kopf eines Jungen mit geschlossenen Augen, der ebenso wie sie ein weites kariertes Flanellhemd trägt, überm Knie zerrissene Jeans.

Fünf Dollar Eintritt (ist ihnen vielleicht zu teuer), sagt die Frau an der Kasse, die Gruppe würde noch eine halbe Stunde spielen, dann sei Party. Sie sitzt neben einem einfachen Holztisch, auf dem Broschüren liegen, Faltblätter, ein Stapel roter und ein Stapel schwarzer T-Shirts, die mit irgendwas bedruckt sind. Für einen Solidaritätspreis zu kaufen, sagt sie, und entfaltet eins.

Zwischen den Schriftzügen: protect your rights und: join your local tenants union erkennt man schemenhaft Demonstranten, die ihre Fäuste vor einer Reihe jener Backsteinhäuser ballen, wie man sie hier in der Gegend überall findet, nach Jahren des Niedergangs, der Seuche Crack, nun zu einem Spekulationsobjekt geworden, astronomisch ansteigende Mieten. Sind zu haben, sagt sie, schwarz auf rot oder umgekehrt, man könne aber auch etwas spenden, entweder dem Lower Eastside Collective oder dem Metropolitan Council on Housing (zwei Sammelbüchsen), *make your decision.*

Ich zahle und spende das Wechselgeld, empfange einen Stempel und gehe hinein in den Lärm und den Rauch. Brachial, was die da vorne zum Besten geben, eine Art sehr später, sehr lauter Grunge, denke ich, mich durch das vor der Bühne veitstanzende Publikum zur Theke schiebend. Als Lynn mich erblickt, hebt sie grinsend die Schultern und deutet mit ihren Zeigefingern auf ihre Ohren, Kommunikation derzeit nur schreiend oder in Gesten möglich. Ohne dass ich zu einer Bestellung gekommen wäre, füllt sie ein Glas bis obenhin mit Jack Daniels (so viel wollte ich gar nicht, will ich jetzt gar nicht trinken) und reicht es mir über die Köpfe anderer, auf ihre Drinks wartender Gäste. Ein Schluck, und ich bin bedröhnt, warm breitet sich in meinem Körper ein besänftigendes Gefühl aus *seine Hand krallte sich in meiner fest, er atmete nur noch fünf- oder sechsmal die Minute, du musst atmen, sagte ich, atme einfach mit mir zusammen* Sarah ist nirgendwo zu entdecken, sonst macht sie mit Lynn und Deirdre die Bar, ziemlich sexy die drei für die in der Regel – außer an Abenden wie heute – lesbische Kundschaft *logisch verstand ich nichts von den Verhandlungen, die Edoardo am Telefon oder in irgendwelchen Lokalen wie dem Spinnacker oder dem Sensemila führte, bloß wurde mir immer klarer, dass es sich bei ihm nicht um den Checker handelte, den Nils und ich in ihm vermutet hatten, jemanden, der praktisch direkt am Ursprung säße, kristalline Topqualität aus sizilianischen Labors. Erst als Umberto Manfredi sich einschaltete (mit seinen Kontakten in Portici und Torre del Greco), fing die Sache zu laufen an, Schönheitsfehler nur die zehn Prozent, die er für seine Vermittlungsbemühungen zu erheben gedachte (in einer Ecke des Café Aegidius), muss ich erst nachfragen, sagte ich, und holte mir bei Nils, der am anderen Ende der Leitung hörbar schluckte (was für ein Penner, murmelte er), grünes Licht. Edoardo schien so erleichtert zu sein wie ich, Umberto (an dem dieser undurchschaubare Paolo Vighetta klebte wie ein leibhaftiger Schatten) nahm die Sache in die Hand, Stoffprobe und Übergabeort, Geld gegen Ware, ein paar Kapitel eines zu schreibenden Buches* ich brauche weder Lynn noch Deirdre oder Petra zu fragen, wo Sarah ist, sie ist nicht da, spüre ich (und dann weiß ich es, obwohl ich mich nicht nach ihr umgeguckt habe), ich bin vergeblich gekommen – als wenn sie mir nicht hätte die Wahrheit sagen können, das, was wir beide seit Flagstaff wissen, unrettbar verloren

Wie geht es Kathrin, fragt Jana, habt ihr noch einmal telefoniert?

Gestern, sage ich, sie ist mit Karin auf Long Island gewesen, ein paar Tage ausspannen.

Die zwei wohnen zusammen, nicht?

Sonst wäre es zu teuer, erwidere ich, und lehne mich gegen den Rahmen ihrer Küchentüre. Sie steht am Herd und stochert mit einer Gabel in einem Block von tiefgefrorenem Spinat, um den herum Wasserdampf aufsteigt; daneben kochen Kartoffeln, panierte Schnitzel liegen zum Braten bereit. Die habe ich eingekauft, halbe-halbe hatten wir ausgemacht, und wer besorgt den Wein? Du. Kopfschütteln. Also ich? Natürlich, außer dir kommt keiner. Sagte sie und sah mich entwaffnend durch ihre ovale randlose Brille an, als wir letztens nebeneinander in der Astro-Bar in Friedrichshain saßen, Cocktails tranken, das heißt, ich probierte bei ihr, da ich derjenige mit dem Auto war. Blieb ich nüchtern wie bei unseren Treffen zuvor, an einem heißen Sommertag im Görlitzer Park oder abends im Wiener Blut, Stunde um Stunde verplaudernd, wie ich das so mit einer Frau nicht kannte, zu reden, ohne ein Ende zu finden, ohne Zweck oder Ziel (trotz ihrer Schönheit, der Schönheit ihres vollen Mundes und ihrer lachenden Augen, der zerstrubbelten aschblonden Haare). Fast unbegreiflich, dass ich sie auf der Habilitationsfeier ihres Lieblingsdozenten ansprach, und ebenso, dass wir nachher unsere Mailadressen tauschten, wie es mich von den Socken haute, als sie mir später diesen elektronischen Brief schrieb, zeichnend mit: ich halt jetzt mal kurz die klappe, ich schicke dir liebe grüße.

Fertig?

Ich glaube, die Schnitzel sind noch nicht richtig durch, sagt sie, die brauchen noch etwas.

Soll ich decken?

Wer so fragt, will nicht.

Schwachkopf.

Danke. Das Geschirr steht hier oben im Schrank.

Die geblümten Tapeten des kleinen Zimmers im Hotel Westford in Flagstaff, einer Stadt, die bis auf vier oder fünf Straßenzüge mit Steinhäusern in ihrem so genannten Zentrum nur aus sich ineinander schiebenden Rändern zu bestehen scheint, aus Motels und Tankstellen und Imbisslokalen bundesweit bekannter Konzerne (Sizzler's, Taco Bell und McDonald's, Diamond Shamrock und Travelodge), als einer gallertartigen Masse von Leuchtreklamen und Flachbauten, die eine Bahnlinie quer durchschneidet. Immer wieder hörte man während der Nacht das Heulen der die Station passierenden Güterzüge, ein magisches, einem aus alten Westernfilmen (Union Pacific) noch geläufiges Geräusch, das dem Schweigen zwischen Sarah und mir eine irgendwie zu dramatische Note verlieh; als würde ein gemeinsamer Ausflug nach Las Vegas und zum Grand Canyon (da bin ich niemals gewesen, sagte sie, hast du Geld?), das abwechselnde Fahren in einem Mietwagen alles kitten können, Ungereimtheiten und Ansprüche. Schneereste auf dem Plateau oben, tausend Meter tiefer brüllende Hitze in dem Navajo-Reservat (drug free zone), taub ihr Körper in dem überheizten Raum des Westford für meine Berührungen (dass man nie: nie und nie und nie zum richtigen Zeitpunkt auseinander geht). Diese geblümten Tapeten, diese Norman-Rockwell-Scheiße ist wirklich Mord, sagte Sarah im Morgengrauen, versuchen wir einfach zu schlafen, ziehen wir uns die Decke über den Kopf.

Mit einem leeren, dickbodigen Glas, das sie im Handgelenk unter der Batterie Flaschen an der Rückwand der Bar schwenkt, fragt Lynn mich, ob ich noch einen Jackie wolle, ich will keinen mehr, habe den ersten kaum auszutrinken vermocht, bin schon einigermaßen beduselt. Worauf ich warte? Was habe ich denn erwartet? Mir eine Vermutung bestätigen zu lassen *sein Mund stand offen, als sei er mit einer Klammer fixiert* eine Illusion zu zerstören, die Hoffnung auf eine lange währende Geschichte. Die Menge vor der Bühne schwankt hin und her, springt in die Luft, fällt in die von der Sängerin gestöhnten, gekreischten, geschmetterten Refrains ein *Treffpunkt war mittags das Double-W (ich glaube, die beiden Besitzer heißen Walter und William, sagte Edoardo, sehr originell, sagte ich), ein plüschiges, in der Nähe des Fußballstadions S. Paolo gelegenes Nachtlokal, in dem unter einer silbrigen Discokugel Ledersofas mit niedrigen Glastischchen um den Metallboden der Tanzfläche herumstanden, halbdunkel bis auf eine Ecke neben der Theke, wo ein einzelner Deckenfluter brannte, außer Paolo und Umberto, der uns draußen erwartet hatte, noch zwei andere Männer, die wir nicht kannten und die uns namentlich auch nicht vorgestellt wurden. In meiner Tasche war das Geld, wie verlangt zu Hunderttausendern gebündelt, ich nähme die Päckchen und gäbe für jedes die entsprechende Summe, so seien hier die Modalitäten, es ginge alles in zehn Minuten über die Bühne* man hätte reden können und hat es nicht getan, stattdessen vor sich hergeschoben, was von alleine sich nicht löste, versuchte gute Miene zu machen *das war unzweifelhaft Heroin in der Plastikfolie, die ich nun in der Hand hielt, ich sah Edoardo an und dann Umberto, dessen Gesicht mit einem Mal versteinert wirkte, so dass ich erschrak, auf ihn wäre jetzt nicht mehr zu zählen, schlagartig wusste ich, die Sache läuft aus dem Ruder.*

Woher ich in dieser Situation den Mut fand, nein zu sagen, I want my money back, weiß ich bis heute nicht, und ebenso wenig, warum sie überhaupt etwas geliefert hatten, wenn schon nicht das Richtige, ob es sich nur um ein Missverständnis handelte (schließlich hätten sie uns ohne Federlesen auch gleich durch die Hintertür entsorgen können), um Betrug oder sonst was. Einer der Männer sagte auf neapolitanisch ein paar Worte zu Edoardo, die er mir nach kurzem Zögern mit einer Stimme übersetzte, deren zittriger Tonlosigkeit man anhörte, wie aufgeregt er war, bemüht, die Fassung zu bewahren, man wolle den Rest des Geldes, es werde nicht diskutiert, die Ware sei gut. Niemand, der noch halbwegs bei Trost ist, dessen Nervensystem nicht geflutet wird von einem ge-

waltigen, unkontrollierbaren Ausstoß von Adrenalin, hätte nun ohne Überlegung seine Tasche dem einen ins Gesicht geschlagen, den anderen gegen Umberto gestoßen und wäre – Edoardo mit sich reißend – zum Ausgang gerannt; den wundersamerweise Umberto nach unserem Eintritt nicht wieder verschlossen hatte, in Nullkommanichts waren wir auf der Straße. Im Verkehrsgewühl, sprangen zwischen den Stoßstangen der Autos hindurch, rempelten Passanten beiseite, jagten Gassen entlang und um irgendwelche Ecken, bis Edoardo keuchend schrie, dass uns keiner folge, wir hätten sie abgehängt (sofern man uns denn gefolgt war, ich hatte mich in meinem panischen Laufen nicht umgedreht, war einfach neben, vor und hinter Edoardo gerannt wie niemals im Leben); Edoardo kniete auf dem Pflaster und würgte, ein Speichelfaden hing aus seinem Mund, ich stützte die Hände auf meine Knie und bekam fast keine Luft (aber die Tasche mit einem Großteil des Geldes hatte ich noch), jeder Atemzug ein brennender Schmerz in den Lungen nein, antwortet Lynn und schüttelt den Kopf, Sarah ist heute nicht hier gewesen, wart ihr verabredet? Nein, sage ich, und gebe ihr das ausgetrunkene Glas, war gerade in der Gegend und dachte nur *einigermaßen zur Besinnung gekommen, stiegen wir in einen Linienbus, der zum Hafen fuhr, wir müssen erst mal raus aus der Stadt, sagte Edoardo leise, so schnell wie möglich* Lynn nickt mir zu, als ich das Mix verlasse, *take care,* ruft sie (die Band hat aufgehört zu spielen), dann stehe ich auf der Houston und weiß nicht genau wohin. Habe keine Lust, nach Hause zu gehen, auf das allfällige Gespräch, Rechnungen, die man doch aufmacht aus Wut oder Enttäuschung (mit wem hat Sarah sich heute Abend getroffen? als wenn das noch von Interesse wäre), die Suche nach dem Punkt, an dem unsere Wege sich anfingen zu verzweigen, wie sie einmal zusammengekommen sind auf einer griechischen Insel, im fast leeren Speisesaal einer Pension zwischen Chora Sfakion und Preveli, während jener täglichen Spaziergänge zum Strand im Duft von Fenchel und Minze. Wovon man zu erzählen wüsste, Gemeinsamkeiten, ein übereinstimmender Vorrat an Gesten und Blicken und Worten als etwas, das man für immer teilt. So war es, so wird es nicht mehr sein, als habe man die Sprache verloren, in der sich alles von selber versteht, keine Erklärungen nötig, weshalb und warum. Sind meist umsonst, die Versuche, sie noch einmal wiederzufinden, in einer Bewegung von da nach dort: lass uns verreisen, ich bin niemals am Grand Canyon oder in Vegas gewesen, stell dir das vor, als gute Amerikanerin. Es war Mitte März, und ein Feuer aus dicken Holzscheiten prasselte im offenen Kamin des Blockhauses, wo sich die Rezeption befand, verharschter Schnee lag unter den Kiefern, die in loser Formation die Hochebene um das Hotel herum (Holzhütten im Stil des Wilden Westens) bewuchsen bis an den Rand der schwindelerregend abstürzenden Schlucht. Zuerst fotografierte ich Sarah vor diesem Hintergrund mit der noch schnell auf dem Flughafen gekauften Einwegkamera, dann sie mich (Fuji, Panorama-Modus), später fuhren wir durch Wüstenlandschaften über Flagstaff (Arizona) nach Las Vegas (Nevada), spielten Craps und Roulette, gewannen ein bisschen, verzögerten spielend den Augenblick des Alleinseins in einem preiswerten Zimmer des Holiday Inn. Jeder für sich, in seinem eigenen Kopf, dessen Bildern und Syntax; was einem herumspukt in den Gedanken, wie es war oder hätte sein können. Vermutungen und Gewissheiten, Überzeugungen. Als eine Folge von Nervenimpulsen, von chemischen Reaktionen, die fast schon vergessenes Material, bestimmte Details, einem plötzlich die merkwürdigsten Szenerien in die Erinnerung rufen. Schreiben sich fort durch einen Riss in der Zeit, der in solchen Momenten sich auftut, als sei nichts wirklich vorbei, niemals wirklich zu Ende. Einander umschlingende Sätze, eine Vielzahl von Schnittstellen bildend. Während man auf einem Bett im zehnten Stock eines Hotelbunkers liegt, oder nächtliche Straßen einige tausend Kilometer weiter östlich durchwandert, sich fragt, ob man ins Café Gigi oder ins Café Simone auf der ersten Avenue soll (darf man rauchen in beiden), um das, was noch fehlt, auf irgendeinem Blatt Papier zu notieren; so dass man es mit sich nehmen und später lesen könnte, wann immer man will. Die Geschichte, das Leben. Fände man nur die richtigen Worte, gelänge es nur, alles in Schrift zu verwandeln bis zurück an den Anfang. Besäße man vielleicht einen Zipfel der Wahrheit.

Café Simone, 4/8, 1 h 20: Staub. Staub und Dunst, mehrspurig dahinfließender Verkehr. Auf der einen Seite der Straße (die Via Cristofero Colombo?) war ein hohes Gitter, das die Hafenanlagen umgab. Mit einem Tor, wo von sichtlich gelangweilten Beamten der Finanzpolizei ein- und ausfahrende Wagen kontrolliert wurden, die Tickets der Passagiere, die zu einer der beiden Fähren wollten. Wie die Rettung kam es mir vor (und wahrscheinlich auch Edoardo), als sie uns nach einem flüchtigen Blick auf unsere Fahrkarten durchließen, als schützten uns jetzt der Gitterzaun und die Uniformierten vor weiteren Nachstellungen. Im Pflaster verlaufende Eisenbahnschienen, gelbe und blaue Container, ein Grüppchen rauchender Schauerleute. Ich verstehe das nicht, sagte Edoardo, ich hatte mit Umberto genau ausgemacht, um was es geht, und die Probe war gut. War Spitzenklasse, sagte ich, aber das ändert nichts mehr, vergiss es (schließlich hatten wir noch das Geld, bis auf ein Bündel Hunderttausender).

Ist eine Art Übersprungshandlung oder Reflex gewesen, dem einen der Typen die Tasche ins Gesicht zu schlagen und abzuhauen, habe ich keine Sekunde drüber nachgedacht, ich fühlte mich einfach beschissen (i. S. v. abgelinkt), zumal ich mit Heroin nichts zu tun haben wollte – und Nils genauso wenig –, außer vielleicht ganz privat während eines verschwiegenen Wochenendes, sich mit einem guten Freund für einen Nachmittag und Abend in die Umlaufbahn schießen.

Der stählern (hohl) polternde Klang unserer Schritte, als wir den Bauch der kleinen Fähre betraten, Piero della Francesca stand in himmelblauen Buchstaben auf dem weißen Rumpf über ihrer gesenkten Heckklappe geschrieben, ging um diese Jahreszeit kaum jemand sonst an Bord, ein paar versprengte Touristen *ein Bett, sagte ich zu der Oberschwester, oder meinetwegen eine Pritsche oder Liege, die man in das Zimmer stellen könnte, ich würde in den nächsten Tagen gern bei ihm schlafen wollen. Kein Thema, sagte sie, wir machen Ihnen das bequem, wir richten Ihnen alles her und ich schreib Ihre Wünsche auf für die Küche. Vegetarier sind Sie zufällig nicht? Nicht dass ich wüsste, sagte ich, ich esse das, was Sie mir bringen. Nur ein Tropfen mit Wasser verdünnter Brühe in dem Löffel, den ich vorsichtig an seine Lippen führte, ihm zuredend, die Flüssigkeit langsam zu schlucken (dabei war es nicht mehr als ein Fingerhut voll), wir hätten Zeit und es triebe uns niemand zur Eile (ich hatte vorher die Temperatur geprüft, gepustet, wenn mir die Suppe zu heiß erschien), würde gut sein (du musst bloß gesund werden wollen) für den gesamten Organismus. Zehn Minuten später warf er alles wieder aus in eine Schale, die ich schnell vom Nachttisch genommen hatte und ihm unter den Mund hielt, meinen anderen Arm um seine Schultern gelegt – Haut und Knochen, wie man so sagt –, die geschüttelt wurden von einem Krampf, einer zuckenden Verkrampfung in der Mitte seines Körpers (als wolle er nicht mehr, wolle nichts mehr von außen haben), fiel erschöpft zurück auf das Kissen, ein gelbhäutiges spitzes Gesicht mit immer abweisender werdenden Zügen; las ihm vor (magst du das hören? er nickte) aus einem der Bücher, die ich zur Aus-*

wahl in eine Plastiktüte gesteckt hatte, Götter, Gräber und Gelehrte in der gebundenen Rowohlt-Ausgabe von neunzehnhundertsiebenundvierzig: Auf mächtigen Terrassen trat der Palast zutage. Die Schar der Forscher, die sich alsbald auf Bottas erste Nachrichten stürzten, erkannten ihn als des Königs Sargon, als einen Sommerpalast am Rand Ninives… er schlief ein, gab mir erwachend zu verstehen weiterzumachen: eine Art Versailles, nach der Eroberung Babylons erbaut… Mauer um Mauer stieg aus dem Schutt, Höfe mit reich geschmückten Portalen, mit Prunkräumen, Gängen und Kammern… jäh war das geheimnisvolle Volk der Assyrer aus dem Dunkel der Zeit gehoben… hier waren ihre Bilder, hier ihre Geräte… man sah sie in häuslichem Tun, im Krieg, auf der Jagd…

Der Augenblick, wenn sich das Schiff vom Ufer löst, sich ein Streifen Wasser zwischen Bordwand und Kaimauer schiebt, nicht mehr an Land zu sein, dieses Gefühl. Als bewegte man sich nicht selber, sondern die Küste von einem fort, hätte abgelegt in einen dämmernden Abendhimmel hinein (es war gegen neun Uhr). Die Stadt, die davonschwimmt, jetzt breitete sie sich im Halbkreis vor einem aus, grau-braune, von Hunderten und Tausenden weiß schimmernder Tupfen gefleckte Quader an den Hängen der Bucht, darüber das Kastell, auf der Promenade längs des Meeres die flackernde Spur von Scheinwerfern (Standlicht, Fernlicht, gar kein Licht; Autos, Motorräder, Roller), die alle in dieselbe Richtung wollten, ins Zentrum: Piazza Municipio und

Piazza Garibaldi, Via Toledo und Corso Umberto der Erste. Grün leuchtete eine Neonreklame vom Dach eines der wenigen Hochhäuser, die es hier gab, Jolly-Hotel, von einem anderen Warenzeichen und Schriftzug der Firma Martini, blinkend. Silos glitten vorbei, Verladebrücken und Kräne, dann eine Reihe seitlich nebeneinander ankernder Kriegsschiffe, von starken Halogenlampen erhellt ein Dock, in dem geschweißt und gehämmert wurde, man sah Funken stieben, hörte dumpf über die Entfernung hinweg einzelne Schläge. Mit einem Ruck, der durch die Piero della Francesca ging, dröhnten zugleich ihre Motoren los, nahm die Fähre mit jetzt stampfenden Dieseln Fahrt auf. Wind wehte einem ins Gesicht, und man spürte deutlich das Deck unter seinen Füßen vibrieren. Wie sie nun mehr und mehr die offene See gewann, rückten die Lichter an Land zusammen, begannen zu verschmelzen, bis sie vor dem dunklen Hintergrund der Berge nur noch ein unscharfes Etwas waren, ein glimmender Punkt am Horizont, den kurze Zeit später die Nacht verschluckte.

Ein längerer schmaler Gang, vernietete Metallwände. Führte vom Heck, an dessen Reling wir gestanden waren, zum Aufenthaltsraum für Reisende ohne Kabine (Sessel und Sofas aus braunem Kunstleder), dahinter befand sich eine Bar, und weiter ein kleiner Speisesaal mit festgeschraubten Tischen und Sitzschalen *bitte stirb nicht, sagte ich stimmlos, stimmlos die Worte in meinem Mund, nur Lippenbewegungen, während ich unaufhörlich seine Hand strei-*

chelte, die in meiner lag, dicht behaart über den wie Kabelstränge hervortretenden Adern Pasta und Risotto, Scaloppa milanese; aßen wir, hatten ja Geld genug, eine ganze Tasche voll. Als Edoardo danach am Tresen der Bar Cognac und Café für uns bestellte, entdeckte er Raffaela, die ein paar Plätze neben ihm auf einem Hocker vor sich hin duselte (eh, Raffa, rief er laut einer jungen Frau zu, die eingeschlafen zu sein schien), ein geöffnetes Portemonnaie im Schoß, als sei sie beim Bezahlen ihres Getränks (Campari-Soda) plötzlich weggedriftet, hätte die Börse noch aufmachen, aber keinen Schein, keine der Münzen mehr herausnehmen können, completamente stonata (si muore dell'eroina, si muore del'lavoro, che cazzo ce ne frega, se muore Aldo Moro). Edoardo trat an ihre Seite und hob ihren Kopf, eh, Raffaela, wach mal auf. Es dauerte eine Weile, bis sie reagierte, sie so weit ins Bewusstsein zurückfand, um ihn zu erkennen, den Bruder ihrer Freundin Agnése, die – wusste ich inzwischen – selber Probleme mit gewissen toxischen Substanzen hatte *zitterten seine Augenlider, legte sich seine Stirn in Falten, als dächte er angestrengt nach, was ist denn, fragte ich, hast du einen Wunsch, soll ich dir irgendwas bringen? Er schnaufte, gab keine Antwort* Pupillen wie Stecknadelköpfe, ein schönes Gift im Körper, das ist mein Freund Stefan, das Raffaela, wir sind beide in dieselbe Schule gegangen (seitdem sie mit Giorgio zusammen war, kam Raffaela nur noch übers Meer, um Agnése zu besuchen oder Stoff einzukaufen, gefälschte Rezepte, Streitereien auf der Straße, Nembutal und Kodeintropfen. Ihre jüngere Schwester Salvatrice, die ihr in nichts glich – Größe, Haarfarbe, Wesen, als hätten sie verschiedene Eltern gehabt –, arbeitete auf der Insel vom Frühjahr bis zum Ende der Saison als Kellnerin in einer Pizzeria, die Il Gabbiano (die Möwe) hieß, im Steinofen knusprig gebackener Teig, frisch geerntete Muscheln, mit Rosmarinzweigen und Kapern gefüllte Fische). Am besten sei, sagte Edoardo, wir würden sie auf ein Sofa schaffen oder zwei Sessel zusammenschieben, so dass sie bequem ruhen könne bis zur Ankunft, hilf mir mal, meine Fresse (minchia), ist die dicht *schlaf doch ein, murmelte ich, ich bin auch ziemlich müde* wir gingen danach an Deck, rauchten, sahen schweigend aufs Wasser hinaus, in dem sich milchig zersplitternd der Mond zeigte *ich bemerkte ihn nicht, der Übertritt vollzog sich geräuschlos (vielleicht war ich an seiner Seite auch kurz eingenickt), kein Aufbäumen oder etwas Vergleichbares, letzte Worte, wie sie im Film oder in einem Roman als Vermächtnis an den Sohn oder die Nachwelt gesprochen werden, geflüstert, gehaucht,*

als verrinne das Leben einfach in einer großen Erschöpfung, selbst um Schmerz zu empfinden, war sein Körper am Ende zu schwach (natürlich auch wegen des Morphiums, das er bekam), nur noch eine Formsache, vage Erinnerung des Leibes an seine Funktionen, das Herz schlagen zu lassen und wenigstens alle zehn Sekunden einmal zu atmen,

bis er es schließlich vergisst, wie man eine alte Gewohnheit vergisst, die im Lauf der Zeit zwecklos geworden ist, inzwischen mit ganz anderen Sachen beschäftigt, die einem wichtiger erschei-

nen, oder im Moment interessanter. Zum ersten und zum letzten Mal in meinem Leben küsste ich ihn auf den Mund, faltete – das habe ich getan – seine Hände über der Decke, als gehörte es sich so, hob seinen Kopf im Nacken an und kämmte seinen Haarkranz mit einer Bürste, die ich im Nachttisch fand, knöpfte seine Schlafanzugjacke zu bis zum Hals. Dann legte ich mich weinend neben ihn aufs Bett, graue Büschel, die aus seinem mir zugewandten Ohr wuchsen, seiner Nase, dünnhäutige Lider über den geschlossenen Augen (als hätte er es mir ersparen wollen, sie schließen zu müssen). Die sich gegen die weiße Wand des Zimmers abhebenden Linien seines Gesichts, kräftige großporige Nase, hohe Stirn und ein Paar schmale Lippen, um die sich links und rechts eine Falte jeweils tief in die Haut grub.

Ich trank einen Klaren mit der Oberschwester der Station, die mich in ihren Raum gebeten hatte – es gab Vordrucke auszufüllen –, rief von da aus ein Beerdigungsinstitut an, das sie mir als sehr zuverlässig empfohlen hatte, Karten, Sargträger, Blumenschmuck. Eine Liste der Leute, die einzuladen wären, Verwandte und Freunde (Förderkreis Kinder- und Jugendhockey), ehemalige Geschäftspartner, Nachbarn. Annoncen in den lokalen Zeitungen, zwei Zeilen von Rilke über seinem Namen und seinen mit Stern und Kreuz markierten Daten: Du bist so groß, dass ich schon nicht mehr bin, wenn ich mich nur in deine Nähe stelle. Das Auto verkauft, die relativ neue Küche, die Münzen, die Ledergarnitur, den Rest holte sich umsonst ein soziales Projekt. Keine Ahnung, was das wert war, Besteck und Geschirr, Kommoden und Teppiche; Gerlindes Schmuck habe ich noch, als eine Art letzte Reserve, habe ich im Kellertresor der Berliner Volksbank am Herrmannplatz in einem Schließfach gebunkert, zu dem außer mir mit einem passenden Schlüssel Evelin Zugang hat

was übrig bleibt, sind Geschichten, jemand, der sie erzählt,
erst das, dann dieses und jenes, wie es einem in die Gedanken kommt

Ein vulkanischer Kegel, der sich in der Ferne aus dem Meer erhebt (als triebe er auf seiner fast unbewegten Oberfläche), von einem hellen Nebelkranz umgeben, eine dünne Rauchfahne über der Spitze. Steht eine Kirche am Hang, sind weiße, kubusförmige Häuser zu sehen, der Strand um die Betonrampe der Anlegestelle herum ist schwarz. Feinkörniger schwarzer Sand, der auch die meisten Wege der Insel bedeckt.

Wir gingen mit Raffaela, die wieder halbwegs bei Verstand war (sechs Uhr morgens), zu ihrem Freund Giorgio, der uns an Bartolomeo verwies, er habe noch was zu wohnen, eine leere Etage in einem Gebäude hinter der Pension Roma.

In den Türen und Fenstern der beiden Zimmer keine Scheiben mehr, keine Möbel, kein Strom, zwei Matratzen – wollte der gute Bartolo, den sie alle Trottolone nannten (Brummkreisel), dreitausend Lire am Tag für haben, damals acht Mark. Kühles klares Wasser aus der Zisterne, ein umlaufender, zum Teil eingebrochener Balkon.

Außen eine Treppe ohne Geländer, löchrige Säulenstümpfe, die aus dem Mäuerchen der Veranda wuchsen, die ehemaligen Bewohner lebten jetzt in Australien oder Amerika (bevor der Tourismus im Sommer ein bisschen losging, Geld gegen Landschaft, ein Handel auf Gegenseitigkeit).

Rosa, blau und weiß, drei verschiedenfarbige Anstriche auf sich überlagernden, an manchen Stellen abbröckelnden Putzschichten. Darunter trat das Mauerwerk zum Vorschein, blau-weiß gefliest der Boden, die Küche nichts als ein riesiger offener Kamin neben dem Eingang, eine rußgeschwärzte Wand. Wo die Familie gekocht hatte, hing der Topf an einer Kette über dem Feuer, brodelte alles in einem.

Schilfgras und Ginster, Bougainvilleen, violett und türkis, vor einer weiß gekalkten Gartenmauer stand der flammend rote, von zarten Rippen durchzogene Kelch eines Hibiskus.

Man schob die Läden der Türe zu dem kaputten Balkon auf und sah über den flachen Dächern der Häuser, über Gestrüpp, Kakteen, dem Tag und Nacht brummenden Elektrizitätswerk (ein Schornstein, ein Öltank, ein Generator in einem Schuppen) die See, die am Horizont im Himmel verlief, im Dunst des frühen Morgens verschwimmende Flächen.

Bebte regelmäßig der Boden, wenn der Vulkan spuckte, vom Wind herangetragener Donner (2 h 44).

Die Tage vergingen, die Wochen. Einmal bestellten mich die Carabinieri in ihre Kaserne, wovon ich lebe, fragte der Hauptmann, ich würde demnächst Unterricht im Windsurfen geben, antwortete ich, ein Haus tünchen, praktisch morgen schon, denn dass wir ausreichend Geld hatten, brauchte niemand zu wissen (Streit mit Edoardo deswegen, der sich eines Abends gegenüber Irene und Chiara mit unseren Geschäften brüstete, seinen Verbindungen, die bis nach Berlin und London reichten. Ist Eifersucht im Spiel gewesen, eine Intrige, die er gegen mich und Chiara spann, sich Elenas bedienend, deren Ehemann in Palermo einsaß, war aufgeflogen bei einem Deal).

Mai, Juni, Juli. Glücklichsein, könnte man sagen, in einer anderen Gegenwart, dem Raum einer anderen Erzählung. Sätze, die man liest, Worte, die man im Kopf hat, die Bilder, der Text des eigenen Lebens, Realität (2 h 59). Hätte man für sich zu berichten, die Leerstellen auszufüllen, warum bin ich damals überhaupt weggefahren? Sagte ich eines Tages zu Chiara, ich müsse wieder zurück. Als handelte es sich darum, nach einer Antwort zu suchen (3 h 04)

Punkt. Das wäre vorerst genug, Müdigkeit, morgen ist Zeit weiterzuschreiben. Die nächsten Tage, was noch fehlt. In der Ledermappe steckt eine leere Klarsichthülle zwischen drei, vier anderen mit Notizen und Exzerpten, heute und gestern aus dem elektronischen Archiv der Public Library kopierten Lebensläufen, Entwürfen für die Einleitung des Buches. Da kommen die Blätter rein, ein Anfang ohne Ende, Begebenheiten. Den doppelten Espresso jetzt zahlen und den Martell, war gut gefüllt der Schwenker, in dem sie hier den Weinbrand servieren, sind rote Lacktapeten an den Wänden des Cafés, als hätte es früher mal ein chinesisches Restaurant beherbergt und wäre seitdem nicht renoviert worden *einfach einen ganzen Nachmittag lang mit Edoardo und Chiara und Irene, ihrer Tante aus Mailand, auf der durch ein Bambusdach vor der glühenden Sonne geschützten Terrasse sitzen und Rapitalá trinken, einen Gecko beobachten, der reglos im Schatten eines Mauervorsprungs am Verputz klebt, auf eine glubschäugige Gottesanbeterin lauernd* moderate Preise und keine laute Musik (es perlt sanft aus den Lautsprechern eine CD der Fugees). Wie durch einen Filter gedämpft hört sich alles an, auch auf der Straße, hat sich der normale Lärm für ein paar Stunden in den Hintergrund verzogen, nur noch wenige Autos unterwegs und selbst die Sirenen, deren wellenartiges Geheul sonst immer irgendwo zwischen den Häusern hin- und herflutet, scheinen gerade eine Pause zu machen. So breit sie ist, die erste Avenue mit ihren sieben Fahrspuren Richtung Norden (die second führt logischerweise wieder nach Süden), kommt sie einem da und dort wie die Hauptstraße in einem Provinznest vor – tun sich an ihrem Rand Baulücken auf, oder wird sie gesäumt von niedrigen, höchstens zweigeschossigen Bauten, die Wohnung über dem Geschäft, als sei man in einer Kleinstadt in Texas (während des Gastsemesters in Austin die sonntäglichen Landpartien mit Bill und Shirley vom German Department), nicht aber im Zentrum der westlichen Welt. Des Kapitalismus, Kosten und Nutzen, tabellarisch erstellte Summen. Your win will be my loss, Siege und Niederlagen *unablässig zirpten Grillen, in den Schilfgraswäldern am Meer, den Ginsterbüschen vor der Veranda, ein hochgespannter schriller Ton, der kaum jemals abriss* noch eine Runde um den Block drehen, am Together Market nicht rechts in die neunte rein, sondern an dem roten Backsteingebäude des 122 Community Center hinter der Kreuzung vorbeigehen bis zur zehnten weiter, sich erst dann Richtung Osten wenden, Süden und Westen, um schließlich vor der Nummer vierhundertneunundzwanzig zu landen, wo man gelebt hat ein halbes Jahr. Hell wirds schon über den Bäumen und Sträuchern des Tompkins Square Parks, den man auf diesem Stück, dieser Seite der ersten Avenue am Ende jeder Querstraße liegen sieht, bewegt man sich nun darauf zu *eine läufige schwarze Hündin* sitzen muskulöse Jungs auf den Stufen einer Treppe ins Hochparterre, lehnen cool am Geländer *mit zotteligem schwarzen Fell, die seit Tagen verfolgt wurde* doch ist von denen, wie ich inzwischen weiß, nichts zu befürchten (ein paar unflätige Scherze für einen Passanten im Morgengrauen) *verteidigte Edoardo mit einem Stock gegen die wilde Meute, die knurrend vor seinen Schlägen zurückwich (Francescos Dackel-*

bastard), nahm die Geschundene bei uns in der Ruine auf und verlieh ihr den Namen Pelé man erreicht die Avenue A, es hilft alles nichts, der Park, der Sonnenaufgang über dem East River, es wäre der Geschichte, der Gegenwart direkt ins Gesicht zu blicken, keine Vorwände mehr.

Avenue A, Ecke neunte Straße, das Café, in dem Lydia arbeitet, leer und verlassen um diese Uhrzeit. Wie oft man herinnen gewesen ist und Milchkaffee getrunken, ein Croissant mit Marmelade zum Frühstück gegessen hat, hatte man Geld, seine Unterlagen vor sich ausgebreitet, gelegentlich tippte man ein paar Worte in seinen Laptop. Wissenschaftliche Arbeit, weißt du, eine Art biografische Studie (sie nickte, lächelte zum Verlieben, räumte Teller und Tassen ab). Eisengitter sind vor den Fenstern, die Tür sichert nachts ein massives Vorhängeschloss. Noch etwa fünfzig oder achtzig Meter bis nach Hause zu gehen. Zu schlendern, zu trödeln, Plattenladen, Fotogeschäft, Massagepraxis. Schatten von Feuerleitern fallen auf den Bürgersteig, grünes Licht, das drei senkrechte Reihen von Neonbuchstaben aus einem dunklen Schaufenster herauswerfen: PSYCHIC READER & ADVISOR, darüber steht in gelber Schrift auf einem an der Hauswand befestigten schwarzen Plastikbaldachin *Call For An Appointment.* Tritt man einen Schritt vor, sieht man in der Scheibe den eigenen Umriss, eine grünlich bestrahlte Figur, die eine dünne Nylonjacke trägt, eine Mappe unter den Arm geklemmt, hat sie wahrscheinlich Papiere drin. Was denn sonst? Irgendwelche Blätter, Kopien, Geschichten. Ein erster Satz aus dem Nichts.

Dezember 2000/November 2001